한 정거장 전에
내려서 걷는다

한 정거장 전에
내려서 걷는다

화가 윤지원의
기억과 장소

윤지원 지음

(휴먼큐브)

애정을 담아서
이순남(1899-1976) 할머니께 바칩니다.

차례

미모사 꽃다발을
갖다주면서, 로마

2001년 3월 7일, 로마 피우미치노 공항에 도착하니 부슬부슬 비가 내리고 있었다. 파리에서 연착하여 예정보다 몇 시간쯤 늦게 로마에 도착하니 조금은 불안했는데, 우리들의 친구 건축가 파올로 모네지가 공항에서 기다리고 있었다.

비가 내리는 거리 모퉁이마다 노란색 미모사를 파는 노점상이 있었다. 식당에 도착하니 누군가가 우리 테이블에 미모사 꽃다발을 가져다주면서 내일이 '세계여성의날'이라고 인사를 한다. 여성의 날을 축하한다는 인사를 처음 받았고 세계여성의날이 있다는 것도 처음 알았다. 어버이날의 카네이션은 알았어도 미모사와 여성의 날은 처음 알았기에 내가 멀리서 왔다는 느낌이 확실해졌다.

대략 삼천 원쯤 했던 미모사 다발을 모르는 여성에게도 건네면서 인사를 할 수 있는 여유가 로마에 있었다. 꽃다발로 로마의 봄이 시작되었고 시간이 많이 지났어도 로마 하면 떠오르는 첫 이미지는 봄비와 노란 미모사이다.

테르미니역 근처의 언어 학교에 등록하고, 나는 매일 네 시간씩 이탈리아어 수업을 받았다. 언어 수업을 마치고 집으로 급히 귀가하는 길은 아이들 걱정으로 마음이 무거웠다. 티부르티나역에서 전철을 갈아타야 하는데 가끔씩 안내 전광판에 플랫폼 변경 표시 없이 방송으로만 알려줄 때가 있다. 당시 이탈리아어 듣기가 서툴렀던 나는 방송을 놓쳐서 플랫폼이 변경된 줄도 모르고 삼십 분 이상을 허비하기도 했다.

집에 아이들만 두고 나왔으니 나의 불안은 당연했다. 나의 불안과 무관한 봄 날씨는 화려하고 내리비치는 빛은 찬란했다. 가파른 언덕을 올라가는 버스 창 너머로 훈풍이 불어오고 풀밭이 바람결에 흔들리고 있었다. 붉은 양귀비가 점점이 피어나서 초록 바탕 위에 붉은 점을 흩뿌렸다. 하늘에 흰 구름이 두둥실 떠 있는 풍경은 달력에서 뛰쳐나온 인상파 그림이었다. 어느 여인이 하얀 원피스를 입고 양산을 들고 지나간다면 그대로 모네의 화폭이다.

길이가 10센티쯤 되는 금속 열쇠를 넣고 왼쪽으로 두 번 돌리고 다시 깊이 넣어서 오른쪽으로 한 번 돌리면 철컥철 컥 쇳소리와 함께 문이 열린다. 처음에는 오른쪽 왼쪽 방향의 순서와 돌리는 횟수가 혼동되어서 열쇠 사용도 쉽지 않았다. 마치 시카고 갱단 영화에 나오는 전당포 열쇠 같다.

나는 서울에서 미리 등록하고 온 언어 학교에 다녔지만 아이들은 아직 학교에 입학이 안 되어서 이른 아침 내가 등교하면서 창문을 닫아둔다. 이탈리아어를 못하고 이웃도 없고 알고 지내는 한국인도 전혀 없는 상태에서 아이들을 두고 집을 나서야 한다. 매일 아침 발걸음이 쉽게 떨어지지 않았다. 블라인드 비슷한 덧창을 내리고 창문을 닫으면 철저히 빛이 차단되고 실내는 칠흑 같은 어둠에 갇히게 된다. 안과 밖으로 창을 닫고 화재나 만약의 비상사태를 대비해서 태준에게 문을 열고 나오는 방법과 대피하는 방법을 알려줬다. 태준이가 장남 몫을 톡톡히 했다. 당시 로마에 한국인 지인은 단 한 명도 없었다.

이탈리아로 유학을 선택한 이유는 나의 경우는 회화이지만 장차 아이들은 음악, 패션, 건축을 할지도 모른다는 막연한 예측 때문이었다. 서울에서 태준이는 초등학교를 졸업했고, 쌍둥이 새라와 태희는 초등학교 삼 학년까지 다녔다.

언제나 내 걱정은 기우였다. 현관문을 열면 마치 고흐의 감자 먹는 사람처럼 어두컴컴한 스탠드 아래에 세 아이가 레고나 인형놀이를 하면서 정신없이 놀고 있다. 문을 꼭꼭 닫아서 환기가 안 되니 아이들은 더위에 땀을 흘리고 불빛에 반사된 얼굴은 번쩍이고 반들반들했다.

드디어 엄마 도착! 덧문을 올리고 창문을 열면 로마의 햇빛이 거침없이 실내로 쏟아져 들어왔다. 늦은 점심을 챙겨 먹고 세 아이를 앞세우고 동네 산책을 한다. 길은 바닥을 돌로 깔아서 슬리퍼를 신고 다니면 착 착 착 돌에 슬리퍼 부딪는 소리가 난다. 언덕을 오르거나 내릴 때 귀를 때리는 착 착 소리는 마치 까마득하게 오래된 옛적의 길을 걸어가는 것 같았다.

길을 따라서 산책을 하다 보면 자연스럽게 수영장 앞을 지나게 된다. 수영장 바로 옆으로는 풀밭이 있고 거기서 주민들이 자리를 깔고 쉬거나 일광욕도 한다. 근처 아이스크림 가게에서 아이스크림을 먹다가 문득 세 아이가 그냥 노느니 수영장이라도 다니면 좋겠다는 생각이 들어서 창구에 문의했다. 수영장은 레벨 테스트를 해서 합격해야 회원이 될 수 있다고 한다. 아이들은 서울에서 꾸준히 수영을 해와서 별 무리 없이 테스트에 합격했고 수영장을 다녔다. 단골 아이스크림 가게의 레몬 맛 아이스크림은 시고 차고 달콤한 맛이 입안 가득 맴돌았고 지금도 혀끝에 선명하다. 수영장은 아이들에게 열정의 장소가 되었다.

이탈리아 체류 허가증이 나오자마자 지역 경찰서에 가서 주소지 등록을 신청했다. 담당 경찰관은 시일이 많이 걸리고 주소지 등록이 안 되면 아이들 학교 입학도 안 된다고 한다. 답답한 마음에 로마 주재 한국 대사관에 가서 입학 관련 문의를 했다. 대사관은 한국과 관련된 일만 하는 곳이지 현지 관련된 일은 지역 경찰서에 문의하라고 한다. 유학생이 아는 사람도 없는 곳에 아이들을 데리고 오면 어떻게 하냐고 짜증 섞인 대답이 돌아왔다.

에라 모르겠다. 이왕에 이리 되었으면 실컷 놀기라도 하자는 생각이 들었다. 동네 음악 스튜디오를 물색해서 서울에서처럼 각자 피아노, 플루트, 바이올린 수업을 받았다. 아이들은 수영장도 계속 다녔고 나와 함께 슬리퍼를 끌면서 활기차게 동네를 돌아다녔다. 한 달쯤 지났을 때 주민 센터 직원인 젊은 여성이 우리 집을 방문했다.

취학 연령의 아이들이 학교는 안 가고 동네를 돌아다닌 다고 주민 센터에 신고가 들어왔다고 한다. 누군가의 뛰어난 시민 의식 덕분에 입학은 순조로웠다.

얼마 후 주민 센터의 도움으로 아이들은 학교에 입학했고, 일 년 후에 밀라노로 이사를 했다. 로마와 밀라노의 차이 중 하나는 안개이다. 안개가 거의 없는 로마와 다르게 밀라노는 가을, 겨울로 접어들면 안개가 자욱한 날이 많아진다. 최근에는 밀라노에서도 안개 낀 날이 줄어들고 있다고 한다. 안개는 언제나 막연한 그리움을 불러왔다. 로마는 태양, 밀라노는 안개.

분주한 아침과 지친 저녁, 메마른 하루를 마무리하고 아이들이 잠이 들면 식탁 위에 책을 펼친다. 밤 열두 시가 되었다. 이 시간부터 과제를 하거나 그림을 그릴 수가 있었다. 가끔은 흐르는 눈물이 스케치북 위로 떨어져서 그림을 망치거나 쏟아지는 졸음을 참지 못하고 앉은 자리에서 잠이 들기도 한다. 몸은 지쳤지만 마음은 충만했던 시간이다. 힘겨운 일상은 터널 속에 갇힌 듯했지만 시간이 지나면 다 즐거운 고통이고 그리움이다.

로마의 유적지 중에서 나를 사로잡은 장소는 포로 로마노다. 기둥만 남아 있는 폐허지만 고대 로마 시대에는 시민들의 행정 종교 생활의 중심지였다. 역사의 긴 시간을 보내고 폐허가 된 장소는 순수하고 영원하고 관대해 보인다. 포로 로마노는 제국의 몰락과 함께 허물어졌고 지금은 황무

지처럼 말라서 엉겨 붙은 잡초만 가득하다. 무너진 돌 더미와 풀숲 위에 이천 년 넘게 견고히 서 있는 기둥들은 경이롭다. 폐허는 매력적이고 적막하며 평화롭다.

포로 로마노를 거닐다 보면 제정의 카이사르, 공화정의 옥타비아누스, 그리고 안토니우스를 상상해보게 된다. 카이사르는 자신의 후계자로 옥타비아누스를 점찍었지만 예상보다 일찍 사망해서 청년 옥타비아누스에게 줄 수 있는 것은 이름뿐이었다. 실제적인 돈과 권력은 장년 안토니우스가 다 가지고 있었다. 안토니우스와 옥타비아누스의 대결에서 최후의 승자는 이름뿐인 옥타비아누스였다. 이름이 전부이고 위대한 유산이었다. 해가 저무는 팔라티노 언덕과 캄피돌리오 언덕에서 바라보는 포로 로마노의 모습은 스러져간 제국의 역사와 함께 쓸쓸함과 경외감을 느끼게 한다. 압권의 풍경이다.

포로 로마노, 폐허의 매력에 취하면서 함께 떠오르는 두 곳의 장소가 있다.

중국 실크로드 가는 길에서 둔황을 지나고 만리장성의

서쪽 끝을 지나면 폐허의 들판이 나타난다. 드넓은 황토색의 메마른 땅에 드문드문 풀들이 엉켜 있다. 서역으로 통하는 관문, 양관이 있다. 문을 지나면 저 멀리 사막이 시작되는 폐허의 땅에 성채와 창고 비슷한 구조물이 있다. 최소한의 식물만 나뒹구는 건조한 땅에 벽돌담과 오래된 창고 건물은 옛 시절의 영화로움을 상상하게 한다. 멍하니 풍경에 취해 있었다. 미처 피할 틈도 없이 순식간에 모래바람이 사람을 날려버릴 듯 강하게 휘몰아친다. 돌풍을 일으키면서 싹싹 내는 소리는 현기증이 날 정도였다. 모래가 이리저리 쏠려서 날아가다가 크고 작은 동그라미를 그리며 위로 올라간다. 겨우 진정이 되어서 호텔로 돌아오니 강풍에 창문이 주차장으로 떨어져 차가 여러 대 망가졌다. 식당에는 모래바람을 대비해서 노란색의 긴 고무장화가 준비되어 있었다.

  다른 하나의 장소는 아일랜드 도니골 프란체스코회 수도원 묘지다. 묘지는 강을 따라서 길게 늘어서 있고 무수한 시간을 견디었을 비석들이 부서져 있다. 땅은 높낮이가 다르고 묘지와 비석의 크기와 형태도 다양해서 세월의 무게를 짐작할 수 있다. 황폐한 묘지와 바다로 흐르는 강을 보노라면 울컥, 명치가 답답해진다. 뭔가 치밀어 오른다. 모든 폐허는 순수하고 영원하고 관대하다. 로마는 내가 세 아이와 함께 유학을 시작한 곳이고 과거와 현재가 함께하는 도시이다. 많은 도시가 시간 속에서 흥망을 되풀이하는데 이천 년이 넘도록 현역이다. 오래된 시간의 흔적이 남아 있어서 아름답다.

황폐한 묘지와 바다로 흐르는 강을 보노라면 울컥, 명치가 답답해진다. 뭔가 치밀어 오른다. 모든 폐허는 순수하고 영원하고 관대하다.

노스탤지어

텅 빈 마당 위로
빛이 쏟아졌다,
부산 송도

부산에서 초등학교를 다니던 1960년대에는 학생 수가 많아서 오전반 오후반 2부제 수업을 했다. 일 학년 때 나는 주로 오전반이었고 수업이 끝나면 학교에서 옥수수빵을 주었다. 햇빛이 쨍쨍한 길을 타박타박 걸어서 집으로 오면 매일 집에는 아무도 없었다. 집안일을 도와주던 마산댁 아주머니와 정서방 아저씨도 그 시간에는 없었다.

담장 너머로 보이는 바다는 강철처럼 얇고 푸르고 눈이 부시게 반짝거렸다.

옥수수빵을 마루에 던져놓고 깜박 잠이 들었다. 평소에는 옥수수빵을 수아랑 반씩 나누어 먹는데 그날은 수아도 없었다. 수아는 사촌동생이다. 잠결에 뒤척이다 으슬으슬

추워서 일어난다. 내게 이불이나 담요를 덮어줄 만한 어른이 없었다. 한낮의 태양이 내리쬐는 마당 끝자락에 담장이 있고 낮은 담장 너머의 바다는 여전히 푸르고 눈이 부셨다. 빛이 마당의 모든 색을 삼켜서 마당은 흰색으로 어른거렸다.

태양이 강렬할 때는 토끼도 집에 들어가서 나오지 않는다. 텅 빈 마당 위로 빛이 쏟아질 때 외롭다는 것을 나는 일찍 알았다. 빛과 그림자는 담벼락에 묘한 그림을 그리기도 했다. 잠은 달아나고 대청마루 끝에 가만히 앉아서 하염없이 바다만 바라봤다. 다시 잠이 들었다가 일어나는 긴 오후의 끝에 붉게 지는 해를 마주하기도 한다. 지는 해는 장엄하다. 내 그림은 바다와 태양과 그림자와 빈집의 고독 사이에서 태어났다. 뒤라스가 어느 인터뷰에서 말했다. 스탕달이 옳아요. 유년 시절은 끝이 없어요.

할머니 집 밖으로 내려가면 큰 바위가 있었고 바위 위에 판잣집이 있었는데 어떻게 미끄러운 바위 위에 집이 있을 수 있는지 궁금했지만 아무에게도 묻지는 않았다. 당시 내게 가장 큰 의문이었지만 왠지 물어보면 안 될 것 같은 생각이 들었다. 바위 왼쪽으로 내려가면 자그마한 모래사장이 나오고 아버지는 그곳에서 먼 데까지 수영을 하셨다. 저 멀리 건너편에 보이는 섬이 영도라고 했다.

아버지를 자주 볼 수 있는 것은 아니었다. 나는 할머니 집에 있었고 아버지는 다른 곳에 살면서 가끔씩 오시는데, 항상 내게 용돈을 주셨다. 한번은 가진 돈이 적었는지 수아에게만 용돈을 주셨다. 그날 오후 내내 서럽고 서럽게 울었던 기억이 난다. 사소한 일이지만 어린아이에게는 큰일이었나 보다. 어느 날 내가 혼자 모래사장에서 놀고 있는데 오랜만에 아버지가 오셨다. 겉옷을 벗으시며 수영을 할 테니까 옷을 잘 지키라고 하셨다. 나는 금방 졸음이 쏟아지며 집으로 가야 했는데 아버지 옷을 그냥 두고 가면 누군가 훔쳐 갈지도 모르니까 내가 들고 왔다. 바다에서 나온 아버지는 나도 없고 옷도 없으니 속옷만 입고 집으로 올라오셨다. 검게 그을린 상체에서는 바닷물이 뚝뚝 떨어지고 있었다.

그때 둘이서 얼마나 깔깔거리고 웃었는지, 다행히 바다는 할머니 집 바로 앞이었고 다니는 사람도 별로 없었다.

유년의 내 기억에서 많은 부분을 차지하는 것은 바다와 졸음이었다.

　누구에게 받았는지 기억은 없지만 어느 날 54색 크레파스가 생겼다. 그중 상아색을 제일 좋아했다. 크레파스를 본 순간 내 운명은 그림이라고 생각했다.

　존 버거도 처음 유화물감을 받았을 때 평생 미술에 헌신하겠다고 결심했다 한다. 아이들은 작은 선물에서 자신의 평생을 예감하기도 한다. 에드워드 호퍼는 아홉 살에 받은 성적표 뒷면에 그림을 그려서 엄마에게 줬다. 호퍼의 엄마는 앞면의 성적보다 뒷면의 그림이 호퍼에게 더 중요하다 여기고 물감을 선물했다. 엄마의 선물을 받은 호퍼는 얼마나 신났을까? 아홉 살의 호퍼가 그린 스케치는 바다인지 땅인지 먼 곳을 응시하는 소년의 뒷모습이다. 지금도 호퍼 관련 자료에 가끔씩 등장한다.

　비어 있다. 집에 아무도 없다. 자다 일어나서 그림을 그린다. 빨강 에나멜에 만화 캐릭터가 그려진 화판을 열면 스케치북과 54색 크레파스가 있다. 아무거나 이리저리 그려

본다. 초등학생의 방학 숙제에서 빠질 수 없는 것이 그림일 기다. 일기니까 매일매일 해야 하지만 대부분의 초등학생 은 미루다가 방학이 끝날 때쯤 몰아서 그리고 쓴다. 내 경 우에는 반대로 그림을 며칠씩 앞당겨서 그려두고 그림에 맞추어서 그날에 해당되는 일을 하면 된다. 사촌들은 개학 을 앞두고 그림 일기장을 들고 나를 찾는다. 나는 풍부한 상상력을 바탕으로 놀랍도록 빠른 솜씨로 사촌들의 그림 일기 숙제를 뚝딱 끝내준다. 그림은 기본이고 하루의 이야 깃거리도 정해주었다. 사극에 등장하는 장면처럼 글을 모 르는 평민이 대신 읽어달라고 편지를 들고 줄을 서 있는 것 같았다. 사촌들아 미안해.

서울에서 대학에 입학하고 친구들과 부산으로 놀러 가 면 광안리나 해운대에서 놀았다. 몇 년 동안 남포동 광안리 해운대만 다니다가 문득 송도가 생각나서 송도 해수욕장 을 가보았다. 태양이 내리쬐어서 더없이 외로웠던 할머니 집 넓은 마당으로 짐작되는 장소에 고층 아파트가 보였다. 당연한 일이지만 내 기억을 더듬을 수 있는 것은 아무것도 없었다. 딱 하나 거북섬과 연결된 구름다리가 있었는데 그

다리가 콘크리트 다리로 바뀌었다. 내 모든 그리움의 시작은 바다였다. 칼날 같은 그리움. 가지 않은 타향에 대한 그리움조차도 바다에서 시작되었다.

내 그림은 바다와 태양과 그림자와 빈집의 고독 사이에서 태어났다. 뒤라스가 어느 인터뷰에서 말했다. 스탕달이 옳아요. 유년 시절은 끝이 없어요.

누구에게도 낭비는 없었다,
베르디 국립음악원

눈을 감으면 음악 소리가 넘쳐났던 베르디 국립음악원 이
층 긴 복도가 떠오른다. 적당히 어두웠던 복도의 양쪽 끝에
는 책상이 있고 안내원이 앉아서 그날 강의실, 연습실 등 수
업에 관한 정보를 알려준다.

서울에서 새라가 초등학교 이 학년 때 하교 후 무조건 플
루트를 배우겠다고 떼를 쓰면서 베니스에 가겠다고 했다.
학교에서 아침 조회 시간에 TV를 보았는데 물의 도시 베
니스가 나왔고 플루트 연주를 들었다고 했다. 너무 멋지다
고 자신의 운명은 플루트와 베니스라고 했다. 관악기는 고
학년이 한다고 설득했지만 막무가내로 생떼를 부렸다. 새
라는 당시 바이올린을 배우고 있었는데 어쩔 수 없이 결국

연습용 야마하 플루트를 사서 애지중지하게 됐다. 그때만 해도 머잖아 이탈리아로 갈 운명이라고는 전혀 생각하지 못했다. 여름방학에 아이들과 유럽 여행을 하고 돌아온 직후에 나는 유럽으로 가겠다고 결심했다.

서울과 로마에서 새라는 플루트 개인 레슨을 받았는데 밀라노로 이사 와서는 베르디 국립음악원 예비 학년에 입학하면 좋겠다는 생각이 들었다. 사이트에 들어가서 초등학생 입학 방법을 찾았지만 알 수가 없었다. 주변에 마땅히 문의할 곳도 없었다. 사이트에서 플루트 교수 보리올리라는 성함과 사진만 보고 음악원 이 층 복도로 갔다. 안내원에게 보리올리 교수의 강의실을 물어보니 어디라고 한다. 복도의 의자에 앉아서 기다리다 강의실 문이 열리고 노교수가 나왔다. 나는 다가가서 인사했다.

딸이 플루트를 배우고 싶어 하는데 어떻게 해야 되는지 문의드렸다. 친절하게 제자의 스튜디오 전화번호를 주면서 이곳에 가서 상담하라고 하신다. 노교수는 새라의 손을 잡으면서 플루트를 언제 시작했니? 몇 살이니? 플루트가 재미있니? 이탈리아어 잘한다 등, 친절한 격려의 응원을 해주었다. 짧은 시간이지만 거장의 여유로움과 음악에 대한 애정이 느껴졌다.

제자의 스튜디오로 연락해서 입학 시기와 준비 사항에 대한 설명을 들었다. 레슨을 받았고 다음 해에 베르디 예비학년에 입학했다. 비슷한 시기에 태준이는 피아노 전공으로 태희는 바이올린 전공으로 베르디에 입학했다. 세 아이가 베르디 국립음악원 기악과를 다녔으므로 집에서는 항상 연습 시간이 겹치지 않도록 조율해야 했다. 주말에는 아이들의 피아노, 플루트, 바이올린 연주와 클래식 듣기로 하루가 훌쩍 지나갔다. 이탈리아는 국립음악원을 다니면서 초중고 과정을 병행할 수 있고, 연결해서 대학 과정까지 다닐 수도 있다. 대부분의 한국 유학생은 대학 과정으로 많이 온다. 우리 집 아이들은 국립음악원을 병행하면서 초중 과정은 이탈리아 학교, 고교 과정은 국제 학교를 다녔다. 음악은 어느 무렵엔가 느닷없이 그만두었다. 아이들은 그 후 각자 원하는 전공을 선택해서 수학, 경제학, 호텔경영학으로 미국 대학에 진학했다.

이제 음악을 하는 아이는 없다. 친구들은 그렇게 가르쳤는데 끝까지 하는 아이가 없으니 아깝다고 한다. 천만의 말씀이다. 음악을 통해서 창의적이고 인내하고 다른 것을 이해하는 능력을 얻었다면 큰 행운이다. 지금 연주자로 있지 않고 다른 일을 한다고 해도 그 시간은 결코 헛되이 낭비되지 않았다. 음악을 이해하고 가까이에서 접하는 삶은 또 다른 행복이다. 음악이 아니라도 인간이 경험한 어떤 것에도 낭비는 없다.

오랫동안 사용했던 악보와 노트와 CD가 아이들의 책꽂이에서 지난날을 말해준다. 가끔 삼 남매가 모이면 이야기한다. 저희들이 대학을 가면서 극성 엄마가 철저히 방임형으로 바뀐 것은 행운이라고. 나는 그동안 밀린 작업과 전시에 빠져들었다.

한여름 밤 베르디의 마당에서 하는 야외 오케스트라 연주는 여름밤의 멋진 추억으로 기억된다. 연주 실력만큼이나 서로를 기쁘게 하는 것은 관객의 복장이다. 정성 들여

옷차림을 소홀히 하지 않는다. 화려한 연주가 끝나면 그 자리를 빠져나와 어두운 길을 타박타박 걸어 나온다. 여운을 오래도록 간직하고 싶어서 제법 멀리까지 걷는다. 그런 밤은 음악을 오래도록 가슴에 묻어두게 한다.

밤의 산책

음악을 이해하고 가까이에서 접하는 삶은 또 다른 행복이다. 음악이 아니라도 인간이 경험한 어떤 것에도 낭비는 없다.

침묵의 들판을 바라본다, 아시시

하늘색이 너무 진해서 무게감을 감당 못 하고 아래로 뚝 떨어질 것 같다. 남색, 쪽빛은 깊은 동해 바다의 색이다. 대성당 프레스코화에서 보았던 남색이 실재하고 있었다. 상상으로 표현한 색이 아니었다.

어느 봄날, 후배 승경이와 우리 집 삼 남매와 이탈리아 중부 움브리아 주 아시시로 갔다. 성 프란체스코는 아시시에서 태어나고 사망했으며 검소와 기도의 프란체스코 수도회를 창시했다.

그의 일화에 대해서는 많이 알려져 있다. 집안이 부유했던 젊은 날의 프란체스코는 방탕한 생활을 했고 기사가 되려고 했으나 전쟁에 나가서 일 년간 포로로 잡혀 있게 된다. 그는 아시시로 돌아온 후에 여러 가지 종교적 신비 체험을 겪게 되고 마침내 깨달음을 얻는다. 청빈, 자비, 복종을 중시하고 한평생 가난한 이와 평화를 위해서 기도했다.

13세기, 그의 묘 위에 고딕식 교회당을 지었고 지금의 모습과 같은 성 프란체스코 대성당이 되었다. 대성당에는 치마부에, 조토 등이 그린 중세 미술의 걸작들이 많이 있다. 나는 대성당 프레스코화의 남색 하늘을 보고 참 멋지다고 생각했어도 진짜 하늘이 저렇게 짙을 수 있다고는 생각하지 않았다. 남색은 하늘이라기보다는 심해의 색깔이다.

성 프란체스코 대성당을 지나서 좁고 가파른 길을 따라 올라가면 아담하고 소박하게 꾸며진 집들이 나온다. 오래된 돌벽에서 세월의 흔적도 보이고 마치 시간은 중세 어디쯤에서 멈춘 듯하다.

예쁜 기념품 상점과 카페가 나타나고 저 멀리 적막하고 평화로운 들판이 보인다. 들판은 거대한 고독이다. 그의 삶을 되새기며 천천히 걷다 보면 어느덧 정상에 도착한다. 산꼭대기를 싹둑 잘라낸 듯 넓고 평평한 풀밭이 나타난다. 세 아이가 한꺼번에 올라갈 수 있을 정도 크기의 바위가 풀밭에 박혀 있다. 이색적인 풍경에 아이들은 탄성을 지르며 뛰어다닌다.

넓은 풀밭은 누구라도 뛰어다니고 싶은 충동을 일으킨다. 승경이는 아이들과 뛰어다니며 놀아주고 나는 고요한 땅이 주는 아늑한 평화로움에 취해서 잔디에 누웠다. 하늘을 보았다. 하늘색이 너무 진해서 무게감을 감당 못 하고 아래로 뚝 떨어질 것 같다. 남색, 쪽빛은 깊은 동해 바다의 색이다. 대성당 프레스코화에서 보았던 남색이 실재하고 있었다. 상상으로 표현한 색이 아니었다. 잔디에 누워서 풀 향에 취하며 잠시 잠이 들었다.

내려오는 길은 더욱 조용해서 삼 남매의 활기찬 발소리가 돌이 깔린 좁은 골목길을 꽉 채운다. 나는 내려가다가 무심히 고개를 돌려서 언덕 위의 마을을 올려다보았다. 멀어져가는 마을은 단정한 자세로 안녕이라고 하는 것 같았다.

기온이 떨어진 오후, 으슬으슬 추위가 느껴졌지만 아이들은 아이스크림을 먹었다. 승경이와 나는 카푸치노를 마셨다. 오후의 공기는 바람 없이 가라앉아 습하고도 차가웠다. 부드러운 카푸치노 거품이 입술에 듬뿍 묻어난다. 침묵의 들판을 바라본다. 텅 비어 있는 넉넉하고 대범한 침묵이다.

신사와 예술의 거리,
비아 브레라

약국

걷기를 좋아하는 나는 버스나 전차를 탈 경우 한 정거
장 전에 내려서 목적지까지 걸어간다. 걷다 보면 오래
된 도시가 전하는 매력이 익숙하고 편안하게 느껴진다.

비아 브레라는 밀라노 미술관 주변의 거리이다. 갤러리, 앤티크 가구, 클래식 의류, 참신한 액세서리 등 감성 충만한 갖가지 세련되고 우아한 것들의 거리이다. 노천카페가 모여 있지만 다른 장소에 비하면 의외로 조용한 분위기다. 도심 걷기를 좋아하는 내가 즐기는 곳이다. 이곳을 걷다 보면 생각이 정리되고 마음이 편안해졌다.

이 거리의 중심에 있는 브레라 바는 내가 자주 가는 카페 레스토랑이었다. 실내보다 노천의 자리를 더 좋아했다. 책을 읽거나 밀라노 미술대학 교수나 친구와 수다도 떨고 베르디 국립음악원을 다녔던 딸도 이곳에서 자주 만났다. 딸과 나의 단골 메뉴는 코펜하겐 샐러드와 맥주. 외벽에 유리로 된 장식장에는 카페의 역사를 상징하는 흑백사진들이 빼곡히 진열되어 있었다.

짧은 스포츠머리에 나폴리 악센트를 쓰던 잘생긴 웨이터 청년이 있었다. 언제나 친절한 미소로 손님을 대하는 직업 정신이 투철한 청년은 단골이 주문할 메뉴도 환히 알고 있었다. 자주 가다가 오랜만에 들르면 그는 그간의 안부 인

사도 잊지 않는다. 시험 기간에는 한두 시간 쯤 일찍 가서 브레라 바에서 내용을 정리하곤 했다. 내 단골 자리 근처에 낡은 시티 자전거가 항상 단정하게 세워져 있어서 자전거 주인이 누구일까 궁금해하기도 했다.

보통은 오후에 카페를 갔는데, 어느 바람 부는 가을날은 아침에 카페의 내 단골 자리로 향했다. 그 자전거의 주인은 몸매가 호리호리한 젊은 엄마였다. 앞자리에 어린 딸을 태우고 뒷자리에는 초등학생 딸을 태우고, 자신은 배낭을 메고 작은 가방도 하나 더 있었다. 세상의 엄마들은 다 비슷하다. 그날 아침의 커피는 더 따뜻하게 느껴졌다. 어쩌다 그 자리에서 자전거를 보면 날씬한 젊은 엄마가 그려졌다.

11월의 오후, 체크무늬 담요를 두르고 노천 자리에서 카푸치노를 마신다. 쌀쌀한 바람이 불고 비가 내리기 시작하는 계절이 되면 11월부터 패딩을 입기 시작한다. 습기를 머금은 찬 공기가 얼굴에 닿고 코 안으로 싸늘한 기운이 왈칵 밀려온다. 도심이지만 믿기 어려울 만큼 조용하다.

이 거리에서는 잘 차려입은 신사들을 볼 수 있다. 여성 패셔니스타는 세계 어디를 가도 많이 볼 수 있다. 하지만 단연코 남성 패셔니스타는 이탈리아에 있다. 브레라 거리에서는 슈트를 입은 신사들을 자주 볼 수 있고, 옷의 디자인뿐 아니라 칼라 매치 수준도 놀랍다. 일반적인 상상을 벗어나는 칼라 매치의 솜씨는 오랜 경험과 환경에서 비롯되었다.

이 동네에 아이스크림과 초콜릿을 같이 파는 가게가 오픈했다. 살찌우는 최상의 조합이지만 달콤한 맛에 끌려서 가끔씩 가게 됐다. 내가 가는 오후 시간대에 은장신구를 멋지게 착용한 할머니를 자주 만났다. 우연의 일치지만 가끔 가는 곳에서 자주 만나게 되니까 친근감이 생겼다. 나는 인사를 하고 할머니의 세련되고 대범한 은장신구를 칭찬하니 크게 기뻐하셨다. 젊은이도 소화하기 쉽지 않은 대범한 디자인이었다.

버스 정류장으로 나가는 길목에 중국 식당이 새로 생겼다. 지나다 보면 유리문을 통해서 실내가 보이는데 늘 북적 북적 학생 손님이 많았다. 포장 음식이 드문 밀라노에서 볶음밥과 탕수육과 만두가 포장이 가능하니 집으로 가기 전에 가끔 들르곤 했다.

스칼라 극장에서 브레라 방향으로 오면 브레라 거리가 시작되는 곳에 갤러리가 몇 군데 있다. 그중에서 갤러리 몬테로사는 내가 좋아하는 스타일의 작품을 전시해서 자주 방문했고 언젠가는 친구들과 내가 함께 단체전을 이곳에서 열기도 했다.

큰길로 나가는 왼쪽에 약국이 있다. 이 약국은 항상 저녁이 오기 전, 오후부터 불빛을 밝힌다. 어둠이 내리기 전 약국 간판이 환해진다.

브레라 거리를 벗어나 스포르체스코 성까지 걸어가 본다. 길가에 키 큰 가로수가 늘어서 있고 가로수 그림자 아래로 차들이 주차되어 있다. 가끔씩 갤러리가 눈에 들어온다. 멈춰 서서 걸려 있는 그림을 보다가 다시 걷는다. 걷기를 좋아하는 나는 버스나 전차를 탈 경우 한 정거장 전에 내려서 목적지까지 걸어간다. 걷다 보면 오래된 도시가 전하는 매력이 익숙하고 편안하게 느껴진다. 천천히 또박

또박 느리게 카도르나역까지 걸어갔다. 이제 겨울이 시작된다.

모든 땅은
고향이자 타향이다, 해운대

해운대

고향은 내게 물리적 장소가 아니고 기억의 장소이다.

모든 땅은 고향이 될 수도 있고 고향이라 하여도 타향

으로 느껴지기도 한다.

해운대는 최소한 일 년에 한 번쯤은 꼭 가게 되고 갈 때마다 방문하는 장소가 있다. 미역국 정식이나 복국 정식을 먹고 전망 좋은 마린시티의 탐앤탐스에서 커피를 마시는 것이다. 창 너머로 바다를 가르는 듯한 광안 대교가 멋들어지게 보인다. 책을 읽거나 노트북을 보거나 그냥 멍 때리면서 홀짝홀짝 커피를 마신다. 철 지난 겨울 해변은 한가롭다. 날씨는 서울보다 따뜻하지만 바람은 심하게 불었다.

친구와 내가 머문 호텔은 신관과 본관으로 나누어져 있는데 우리는 본관 입구에서 카카오 택시를 불렀다. 기사는 위치 표시를 착각하고 신관 주차장으로 갔다가 크게 돌아서 본관 입구로 왔다. 택시를 타면서 친구는 추위 속에 서 있었다고 투덜투덜 짜증을 냈고 나는 그런 친구를 보면서 그냥 웃었다.

택시는 이제 해운대를 벗어나 광안 대교로 진입하고 있다. 친구가 기사에게 "아까 짜증을 내서 미안합니다"라고 말했다. 기사는 껄껄껄 웃으면서 "아이쿠 아닙니다. 제가 늦어서 호텔이 본관…… 신관……" 어쩌고 하면서 얼버무렸다.

다리 위를 달리는 차량은 많지 않고, 저 멀리 남천동 삼익 아파트가 보인다. 삼익 아파트는 내 옛사랑이 살았던 추억의 장소이다. 80년대 당시 청춘들이 즐겼던 죠다쉬 청바지에 흰색 상의를 입고 광안리 바닷가를 거닐었다. 청바지에 흰 티는 영원히 변하지 않는 패션 아이템이다.

수정동의 문화 공간 수정은 1943년 일제 강점기 때 지어진 일본식 적산 가옥이다. 가수 아이유의 뮤직비디오에 나오면서 많이 알려졌다고 한다. 겨울 정원을 바라보며 따뜻한 차와 다과를 기대했는데 집만 구경할 수 있고 차는 판매하지 않았다. 잡지에 소개된 내용은 차를 마시며 쉴 수 있는 곳이었는데, 최근에는 카페 영업을 하지 않는다. 양옥과 뒤섞인 일본식 집은 정원을 포함한 전체를 봐도, 집 내부의 세세한 디테일을 봐도, 단정하다.

천천히 걷다 보니 부산역 광장이 보인다. 내게 부산역은 이별의 장소이다.

부모가 일찍 이혼하고 나는 할머니 집에서 자랐는데 할

머니는 당신이 돌아가신 뒤의 어린 내 장래를 고민하셨다. 할머니와 아버지는 숙고 끝에 나를 엄마에게 보내기로 했다. 초등학교 오 학년 여름방학, 태양이 내리쬐는 부산역에서 내 사랑 이순남 할머니와 헤어지고 낯선 생모를 따라서 서울행 기차를 탔다. 오십 년 전 풍경은 희미한 흑백사진처럼 기억에 남아 있다. 뿌옇게 색이 바랜 사진이다. 내가 서울로 올라오고 사 년 뒤에 할머니는 돌아가셨다.

어느 심야에 느닷없이 부산행 고속버스를 탔다. 새벽에 나 홀로, 어둠이 깔린 부산역 앞 버스 정류장에서 가장 먼저 온 82번 버스에 올랐다. 어디로 가는지도 모르고 무작정 오른 버스는 영도 청학동에서 전포동까지 운행하는 버스였다. 승객이 적었고 전포동 방향으로 운행 중이었다. 불빛 찬란한 도로를 누비다가 버스는 마침내 가로등만 깜박이는 언덕의 종점에 도착했다. 다닥다닥 붙은 다가구 주택 앞의 좁은 길 너머로 어둠 속의 부산 시내가 한눈에 들어왔다. 부산 야경을 바라보는 동안 알 수 없는 슬픔이 밀려와서 존재의 근원적 슬픔을 일깨우는 것 같았다. 슬픔도 그리움이다.

수정에서 멀지 않은 부산역 건너편에서 조금 올라가면 옛 백제 병원이 있다. 근처에 텍사스 골목과 차이나타운이 있으니 세계 어디에나 역 주변 문화는 비슷하다. 옛 백제 병원은 지난 백 년 동안 부산의 역사와 함께했고 지금도 문화적 역할을 담당한다. 실내의 낡은 벽은 세월의 흔적을 말해주고 천장은 무척 높다.

높은 층고가 창작에 좋은 영향을 준다고 하니, 이런 공간을 창작 스튜디오로 사용하면 어떨까? 잠시나마 김칫국을 마셔봤다. 친구와 나는 일 층 브라운핸즈에서 아메리카노와 아포가토를 마시며 쉬다가 이 층 창작과비평 문화 공간으로 올라가서 신간들을 살펴봤다. 책이 소개된 코너 옆으로 전시장이 있다.

건축은 무엇보다도 동시대를 가장 잘 반영한다. 건축의 완성은 거주이다. 옛 건물이 잘 보존되고 새롭게 사용되어서 보기 좋았다.

부산은 내 고향이다. 열두 살 초등학교 오 학년 때 서울로 오기 전까지 내 세계의 전부였다. 내가 육십이 되면 산복 도로 중간에 소박한 집을 장만해서 작업실로 사용하고 싶었는데 육십이 넘은 지금은 생각이 달라졌다. 고향은 내게 물리적 장소가 아니고 기억의 장소이다. 모든 땅은 고향이 될 수도 있고 고향이라 하여도 타향으로 느껴지기도 한다.

어른이란 외로운 사람이다,
미케 해변

미케 해변

어른이란 외로운 사람이다. 서로 사랑하고 있어도 조
심하며 남남처럼 서먹서먹하게 대할 때가 있다.

다낭의 이른 아침, 딸이 곤히 잠든 사이 나는 호텔 밖으로 나왔다. 호텔에서 횡단보도 하나 건너면 시작되는 해변에는 아직 어둠이 가시지 않았다. 깜깜한 바다 위로 보라색 하늘이 보이더니 붉은 하늘로 변했고, 붉은 하늘은 잠시 분홍이 되었다가 다시 보라색으로 변해갔다. 멀리서 해가 떠오르자 바다부터 주황빛으로 물들었고 순식간에 하늘도 바다도 환해졌다.

새마을운동을 연상시키는 행진곡 리듬이 스피커에서 흘러나오자 여기저기 사람들이 모여서 맨손체조를 시작했다. 이른 아침에 조용한 해변을 예상하고 나왔다가 의외의 분주함과 활기에 놀랐다. 주민들은 해가 뜨기 전에 운동을 시작해서 일출을 맞이하며 하루를 시작하는 것 같았다. 어느 그룹은 가부좌 자세로 앉아서 수평선 방향을 응시하기도 했다.

하얗게 부서지는 파도 소리와 스피커에서 나오는 음악이 어우러져 아침은 경쾌했다. 나 홀로 천천히 걷다 보니 순식간에 주변이 밝아졌고 아침 운동하던 사람들은 하나

둘씩 사라져서 해변은 텅 비어 있었다. 이제부터 조용한 해변이 시작되었다. 가끔씩 지나가는 오토바이 소리가 들릴 뿐이다. 얼마쯤 걸었을까? 제법 멀리까지 나왔는데 하늘이 흐려져서 금방이라도 비가 내릴 듯했다.

서둘러 왔던 길을 되돌아오는데 후드득 후드득 비가 내리기 시작했다. 해변에서 비를 피하기는 어차피 틀렸으니 비를 맞으면서 호텔 방향으로 걷는다. 가끔은 비를 맞으면서 걷고 싶은 충동을 느끼지만 실천하기란 쉽지 않았는데, 오히려 기회가 왔다 여기고 터벅터벅 모래사장을 걸었다.

바다를 보면 언제나 머나먼 곳을 꿈꾸게 된다. 떠나온 고향보다 가지 않은 타향에 대한 그리움이 더 큰 것은 나의 오래된 습관이다. 해안가 도로에 올라오니 도로도 텅 비어 있다. 나는 앞으로 가다가 뭔가 뒤에서 따가운 시선이 느껴져서 뒤돌아보았다.

'미케 해변'이라는 글씨가 크게 쓰인 돌로 만든 안내판 위에 한 남자가 앉아 있었다. 우비도 우산도 없이 하염없이 내리는 비를 맞으면서 정면의 바다를 바라보고 있었다. 바로 옆에 세워진 오토바이는 비닐로 얌전하게 덮여 있었다. 나는 대충 비를 피할 수 있는 곳으로 가서 그 남자의 뒷모습을 한참 바라보았다. 앞모습이 미처 말하지 못한 것을 뒷모습은 말해준다. 어른이란 외로운 사람이다. 서로 사랑하고 있어도 조심하며 남남처럼 서먹서먹하게 대할 때가 있다.

일상이나 여행에서 하나의 풍경이 오래도록 머리에서 떠나지 않을 때가 있다. 그날 아침의 풍경도 그렇다. 삶은 풍경이다. 비는 세상의 모든 것을 비슷한 색상으로 만든다. 하늘도 바다도 온통 회색에 올리브그린을 섞은 것 같았다. 내가 호텔로 돌아오니 딸은 아직도 자고 있었다. 간단하게 샤워를 하고 슬그머니 내 침대로 기어 들어갔다.

마크 로스코의 하늘, 평대리

여름의 더위가 지나고 아직 가을이 오지 않은 날, 나는 제주 올레길로 떠났다. 예전부터 가고 싶었던 올레길이다. 구간을 나누어 여러 번에 걸쳐서 천천히 걷기로 했다. 구간별로 가족과 함께 하거나 친구와 같이 또는 나 홀로 걸으면 될 것 같았다.

조천 만세 공원에서 시작해 함덕 해수욕장을 지나고 김녕 해수욕장에 도착하는 19.4 km 19코스이다. 함덕 근처에 왔을 때 하늘에 구멍이 뚫린 듯 비가 양동이로 퍼붓는 것처럼 내렸다. 우산이 있어봤자 물에 빠진 생쥐 꼴이었다. 함덕 해수욕장 근처에서 카페로 일단 피했는데 출입문 옆 배수구로 빠지는 흙탕물의 양과 속도가 엄청났다.

얼마 후 거짓말처럼 비가 뚝 그치고 해가 쨍쨍 났다. 그리고 전보다 약하게 다시 비가 내리고 그치기를 반복하는 사이 걷다 보니 북촌리 4.3 기념관에 도착했다. 점퍼를 벗어서 물기를 꼭 짜고 편한 자세로 제주 4.3 동영상을 보았다.

피곤하던 차에 쉬어가고 싶은 마음에서 반복 보기를 하는 동안 내가 알고 있었던 제주 4.3이 많이 정리되었다. 이승만 정권 때 경찰과 서북청년단이 주동이 되어서 자행한 민간인 학살은 알고 있었지만 북촌리와 이웃 동복리 주민 사이의 갈등은 기념관에 와서 알았다. 배롱나무인가? 기념관 마당에 붉은 꽃이 핀 나무가 있다. 한 그루의 나무가 기념관의 분위기를 숙연하게 했다.

나쁜 날씨를 탓하면서 비가 심하면 버스를 타고 이동했다. 해가 나오면 다시 걸으면서 옥색 바다가 예쁜 김녕 해수욕장에 도착했다. 해질 무렵의 김녕 해수욕장에서는 사람들이 평화롭게 연을 날리고 있었다. 낮에 비가 엄청나게 내렸다는 것을 누가 믿을 수 있을까? 나는 비에 젖었다가 말랐다가 하면서 걷고 걸어서 지친 상태에서 택시를 타고 숙소로 갔다.

아니 이럴 수가? 숙소는 사이트에서 알려준 정보와 달랐고 아줌마 혼자서 지내기에는 적합하지 않았다. 어쩌면 내가 그 사이트에서 준 정보를 세심하게 읽지 않았을 수도 있다. 나를 데려다준 택시는 이미 떠났고, 구글 지도를 보면서 밭길과 도로를 지나서 2킬로미터쯤 걸어가니 다시 김녕 해수욕장이 나왔다. 완전히 지친 상태였고 다행히 핸드폰에는 약간의 배터리 전력이 남아 있었다.

내가 선택할 수 있는 것은 택시를 타고 제주 시내에 가서 호텔을 찾거나 제주에 있는 친구에게 전화를 걸어보는 것이었다. 나는 친구에게 전화를 했다. 서울과 제주를 오가며 제주살이를 하는 그녀가 마침 제주 집에 있었다. 해수욕장 매점에서 수평선을 바라보면서 쉬고 있으니 친구가 생각보다 빨리 왔다. 그녀의 승용차를 타고 스마트폰을 충전기에 연결하니 세상과 연결된 것 같아 안심이 되었다.

오늘처럼 비와 해가 반복된 날은 노을이 유난히 예쁘다고 했다. 느리게 해안 도로를 드라이브하다가 우리는 비명과 탄성을 지르며 차를 멈췄다. 믿기 어려운 풍경, 마크 로스코의 그림과 비슷한 색면 추상이 펼쳐져 있었다. 슬픔과 평화의 하늘이다. 평대리의 하늘이 온통 금색이었고 금색은 조금씩 회색과 검정색으로 변화하고 있었다. 노랑이 아닌 금색이다. 골드에 그레이와 블랙의 신비로운 조화이다. 평대리, 월정리, 세화리 지나온 바다마다 환상의 저녁놀이 기다리고 있었다. 제주의 여름밤은 습기를 머금었지만 시원했다.

따뜻한 물로 목욕을 하고 식탁에 앉았다. 친구는 안주 만드는 솜씨가 뛰어나고 특히 비주얼이 화려한 안주를 잘 만든다. 제주 에일과 와인을 마시며 수다 삼매경에 빠져들었다. 길었던 하루의 피로는 싹 사라진다. 수다의 내용은 잊었지만 밤늦게까지 와인을 마셨고 나는 이전에는 몰랐던 그녀의 다른 모습에서 잔잔한 감동을 받았다.

슬픔과 평화의 하늘이다. 평대리의 하늘이 온통 금색

이었고 금색은 조금씩 회색과 검정색으로 변화하고 있

었다.

삼표 연탄 공장에서
줄을 서다, 수색역

아오스타 마을

1990년 결혼 이 년 차에 안양시 비산동 작은 주공 아파트를 팔고 대출을 얻어서 서울 신촌에 한옥을 구매했다. 내게 집을 지을 공사비는 충분하지 않았지만 한옥을 부수고 신축 공사를 시작했다. 당시에는 공사비를 후불로 하고 준공 후에 일이 층 전세금을 받아서 공사비를 충당하고 건축주는 삼 층에 거주할 수 있었다.

나는 결혼할 때 서울에서 전세를 얻지 않고 같은 금액으로 비산동에 15평 주공 아파트를 샀었다. 우연히 103번 버스를 타고 종점에서 내렸는데 그곳이 안양시 비산동이었다. 쓸데없이 버스를 타고 종점에서 종점까지 버스 드라이브를 즐기는데 그때도 그랬다. 부동산 중개인 아주머니가 건너편 비닐하우스 벌판을 가리키며 저곳이 앞으로 서울처럼 아파트촌이 될 거라고 했다. 지금의 평촌이다.

남편과 아들, 나 세 식구는 집이 완성될 때까지 근처에서 살았다. 세간살이를 시댁과 친정에 나누어서 맡기고 최소한의 살림살이만으로 지내다 보니 옹색한 나날의 연속이었다. 우리가 세든 집은 ㄷ자 형태의 한옥이었는데 방 앞에

쪽마루가 있고, 그 옆으로 연탄아궁이가 있고 부엌은 따로 없었다. 요리를 하려면 연탄아궁이를 사용하고 음식 재료와 주방 기구를 쪽마루에 두고 해야 하는데 그 불편함이란 이루 말할 수가 없었다. 그 집 사는 동안 일체의 음식은 하지 않았고 가까운 식당에서 매식을 했다. 빨래는 마당 한가운데 있는 수돗가에서 했다. 누군가가 방에 라디오라도 틀어두면 마당을 건너서 맞은편 방까지 들려왔다. 비가 오는 날은 방문을 열어두고 마당에 떨어지는 비를 바라보면 한국 단편소설에 등장하는 집 같았다.

그 집에서 삼사 개월쯤 머물다 새 집이 완성되자 이사를 했다.

1990년은 일산과 분당에 신도시가 건설 중이라서 시멘트와 모래 등 건축 자재 품귀 현상이 일어났다. 시멘트 품귀와 바다 모래가 건설용으로 부적합하다는 뉴스로 텔레비전 방송이 연일 시끄러웠다. 나는 대출을 얻어서 공사를 시작했는데 시멘트가 없어서 공사 진행에 차질이 생기니 난감했다. 자재 부족으로 공사 기간이 늘어나면 그만큼의 이자 부담도 늘어나게 마련이다. 결혼 이 년 차 새댁이 시댁과 친정의 상의도 없이 혼자 일을 저질러서 어디에 상의할 데도 없었다. 이 상황을 누구를 붙잡고 물어봐야 하는지 짐작도 할 수 없었다. 시멘트와 모래를 원망하면서 혼자서 고민하는 나날이었다.

며칠 후, 지푸라기라도 잡고 싶은 심정으로 마포구청에 갔다. 한정된 시멘트를 대기업에서 대규모로 가져가면 일반인은 어떻게 시멘트를 구해야 하는지 문의했다. 돌아온 대답은 의외로 명쾌했다. 수색역 근처에 있는 삼표 연탄 공장으로 가면 하루 양만큼의 시멘트 배급표를 주는데, 그것을 받아서 공사장에 전달하면 된다고 했다. 귀찮기는 하지만 어려운 일도 아니고 공사가 무난히 진행될 수 있다고 생각하니 오히려 다행이었다. 누군가는 건축주가 뭐 하러 시멘트 배급표를 받으러 가냐고, 갈 필요 없다고 공사장이 알아서 할 일이라고 했지만, 나는 개의치 않았다.

다음 날부터 남편이 출근한 뒤에 돌이 지난 태준이를 챙겨 업고 양산을 들고 수색의 삼표 연탄 공장으로 갔다. 연탄 공장 마당은 초등학교 운동장만큼 넓었다. 일찍 온 사람들이 담을 따라서 그늘 아래에 줄 서 있었다. 상당히 우량 아였던 아들을 맡길 곳이 없으니 항상 내가 업고 다녔다. 나처럼 젊은 여자가 아기를 업고 줄을 서는 경우는 없었다.

대부분 누군가가 대신하거나 공사하는 인부들이 서 있었다. 그날도 땡볕을 피하느라 양산을 들고 줄에 서 있었는데, 어느 아주머니가 큰 소리를 지르면서 내 뒤로 달려들었다. 내 등을 손으로 받치면서 새댁이 업은 아기가 포대기 밖으로 빠질 뻔했다고 했다. 아직 새댁이라서 포대기 매는 방법이 서툰 탓이었다.

아뿔싸, 시멘트 배급표 받으러 왔다가 아들을 땅바닥에 내동댕이칠 뻔했다.

그날도 포대기 매는 것이 서툴렀는데, 아주머니 덕에 살아났다. 지금 생각해도 아찔하고 너무 고마우신 분이다. 물론 이런 일이 처음 있는 것은 아니고 그때마다 누군가가 와서 도와주었다. 다행히 시멘트 배급표 받는 기간이 길지는 않았다. 내가 이 주쯤 배급표를 전달한 결과로 장마철이 오기 전에 지하층 콘크리트 공사를 마감했다. 덕분에 추석이 오기 전에 모든 공사는 끝났고 대출도 상환했다.

내가 연필로 스케치한 것이 건축사 사무실에서 도면이 되고 이제는 집으로 완성되었다. 이사를 하고 가을맞이 노란 국화 화분을 여러 개 들여놓으니 임금님이 부럽지 않았다. 흰 벽을 배경으로 노란 국화가 나란히 피어 있었다. 대문은 항상 흰색으로 칠했고, 우리 집 세 아이는 이 집에서 유년을 보냈다. 방 하나를 놀이방으로 만들어 실내용 미끄럼틀과 그네 같은 다양한 장난감으로 채웠다. 어느 날 가스 검침하는 청년이 우리 집을 보고 아이를 봐주는 영업집으로 오해하기도 했다. 내가 영업집이 아니라고 했더니 청년은 놀라서 "다 아줌마 아기들이에요?"라고.

나는 잦은 이사를 싫어했고 더 이상 집을 짓지 않았다. 주변에서는 내가 부동산에 소질이 있다고 몇 번 반복하면 빌딩도 짓겠다고 응원했지만 나는 부동산보다는 육아가 좋았다. 89년생 아들과 91년생 쌍둥이 딸들, 삼 남매로 집안은 늘 정신없이 복작거려서 단 하루도 조용할 날이 없었다. 육아의 늪에 빠져서 허우적거리며 숨이 턱밑까지 차올랐다.

쌍둥이를 재울 때는 한 아이는 포대기에 업고 다른 아이는 안아서 장롱 이불장에 기대서서 잤다. 옛날에는 이불이 많아서 이불장에 이불이 꽉 차 있으니 기대기가 푹신하고 좋았다. 아기들은 신통해서 자리에 누이면 깨어나서 앙앙 울다가도 안으면 뚝 그치고 새근새근 잠이 든다. 아기들의 감성은 신비의 영역이다. 다행히 이런 날은 적었고 배만 만져주면 새근새근 잠이 들었다. 그 시간이 나의 고독했던 유년을 치유하고 비로소 나를 반듯하게 세우고 있다는 것을 알았다. 감사한 시간이다.

살림과 육아로 지쳐갈 때, 나 자신에게 해줄 수 있는 것은 없을까 고민하다가 독서를 선택했다. 아무거나 손이 닿는 대로 읽었다. 쌍둥이 딸들은 종이 기저귀와 면 기저귀를 같이 사용했는데 방 안의 습기를 유지하려고 방에 빨랫줄을 치고 기저귀를 말렸다. 두 딸이 잠들면 흔들리는 빨랫줄의 기저귀 아래에서 태준에게 동화책을 읽어주거나 나도 뭔가를 읽었다. 그때부터 나의 잡식성 독서는 시작되었다.
가끔 엄마가 집에 오시면 어질러진 집 안을 보시고 걱정하셨다. "도대체 어디에 앉아야 할지 모르겠다. 학교 다닐 때 도시락 챙겨주면서 공부하라고 해도 공부의 공 자도 안 하더니 애 셋으로 정신이 없는데 책만 보냐? 글이 눈에 들어오니?"

그 후, 시간이 지나서 이 집은 나의 늦은 유학과 아이들의 조기 유학에 큰 밑천이 되어주었다.

내가 연필로 스케치한 것이 건축사 사무실에서 도면이 되고 이제는 집으로 완성되었다. 이사를 하고 가을맞이 노란 국화 화분을 여러 개 들여놓으니 임금님이 부럽지 않았다.

장소는 고유의 색상을
가지고 있다, 이타카

이타카 칼리지 타운에서 며칠 머무는 동안 저녁 식사는 동네 맛집 투어를 하기로 했다. 태희가 오늘 추천한 곳은 언덕 아래에 있는 그리스 식당이다. 기온의 급강하로 길은 꽁꽁 얼어서 표면이 살짝 빙판이 되어 있었다. 길을 올라가는 것은 그나마 괜찮았지만 아래로 내려가는 것은 엄청 조심스러웠다. 엉금엉금 기다시피 해서 어둠 속 언 길을 뚫고 식당에 도착했다.

식당 문을 열자 실내는 텅 비어 있고 밝고 환했다. 특별한 장식 없는 실내는 흰색과 채도가 낮은 스카이블루와 베이지색으로 그리스에 온 것 같은 분위기였다. 수성페인트로 벽면을 마감했으니 인테리어 비용은 저렴했겠다. 보통

흰색과 파란색만 있으면 그리스 산토리니가 연상된다. 장소는 고유의 색상을 가지고 있다. 푸른 바다와 언덕 위의 흰 집들, 화이트 앤드 블루는 그리스의 상징처럼 여겨지는 색상이다. 세계 여러 곳에 있는 그리스 식당들도 대부분 흰색과 파란색을 이용한다.

천장에도 별다른 장식은 없었다. 넓고 단순하고 소박한 분위기가 뚜렷한 개성을 만들었다. 식당의 대표 메뉴를 주문하고 기다리는 동안 빈 테이블이 서서히 차기 시작했다. 테이블과 테이블 사이의 간격도 넓었다. 대학가 앞의 식당이니 대부분의 손님은 학생이었다. 여기저기 위트 넘치는 대화와 웅성웅성 활기찬 울림이 들려왔다. 드디어 요리가 나왔다. 다진 쇠고기와 야채를 요리한 접시 두 개, 게와 새우로 만든 접시 하나, 따뜻한 빵과 그리스 와인이었다. 와인이 대세인 요즘 와인의 생산지도 엄청나게 다양해졌다. 잘 고른 식당에서 만족한 식사를 했다. 단체 여행을 할 경우 식당을 잘 고르는 이와 유난히 식당을 잘못 선택하는 이가 있다. 평소 요리에 대한 관심의 정도에 따라서 나누어지겠다.

요리도 좋았지만 장식 없이 경쾌하고 훈훈한 분위기가 마음에 들었다.

'장식은 죄악'이라 한 아돌프 로스가 이 식당을 보았다면 무척 좋아했을 법하다. 장식 없이 개성을 표현할 수 있다면 감각적으로 엄청난 고수이다. 하지만 일반적으로 대상을 잘 표현하려면 장식의 도움이 필요하다. 나의 경우에는 부분적으로 아돌프 로스에게 동의한다. 식당에서 음식만큼 중요한 것이 인테리어다. 가끔은 주객이 전도되어서 요리보다 인테리어가 더 큰 비중을 차지하기도 한다.

돌아가는 길은 올라가는 길이라서 성큼성큼 발걸음이 가벼웠다. 언덕에서 모퉁이를 돌아설 때 식당 쪽을 뒤돌아보았다. 표현을 절제하면 의젓해 보인다. 청년이 어른이 되는 과정은 얼마큼 자신과 잘 지내는가에 달려 있다.

이틀 후, 가까운 곳에 있는 『코스모스』의 저자 칼 세이건 묘소를 가보기로 했는데 전날 내린 눈으로 길은 더 꽁꽁 얼었고 기온도 영하 20도쯤 되었다. 일어나서 머그잔에 가득

채운 따뜻한 커피를 홀짝거리면서 창밖을 보니 춥고 을씨년스러워 보였다. 절대로 나가고 싶지 않은 이런 날, 기어이 나가면 무슨 불운이라도 닥칠 분위기였다. 하지만 마음과는 반대로 세수를 하고 옷을 든든히 입고 나갈 준비를 하고 있었다. 나는 늘 마음보다 행동이 먼저다. 마음은 여전히 망설이고 있는데 후다닥 완전무장을 하고 차에 탔다.

차는 낭떠러지 위를 곡선을 그리며 생긴 도로를 따라서 달렸다. 큰 원형의 둘레 같은 도로 한가운데쯤 칼 세이건이 생전에 살았던 집이 있다. 도로에 들어서면 건너편 절벽 위에 그의 집이 보인다. 아하 저런 곳에 집이 있다니, 아래는 절벽이고 좌우의 길은 휘어져 있으며 앞은 하늘이다. 천체를 조망하기에 최고의 장소이다. 그는 저런 곳에서 우주와 대화를 했구나. 어두워지고 창을 열면 그대로 무수한 별이 쏟아지는 하늘을 대면한다.

차에서 내려서 묘지까지 걸어가는데 저 멀리 눈에 쌓인 목조 주택과 뾰족한 침엽수 나무가 성탄절 카드처럼 예뻐 보였다. 장갑을 끼고 있어도 손이 시린 매서운 추위였다.

추위를 참으면서 숲속 마을을 폰에 담고 있는데, 내 옆으로 낡은 트럭 한 대가 멈춘다. 운전석 창을 내리면서 건장한 아주머니가 퉁명스러운 목소리로 왜 자기 집을 찍느냐며 거칠게 따진다. 조수석의 청년도 씩씩거리며 동조한다. 흑, 대체 이런 난감함이 있나? 눈에 쌓여서 잘 보이지도 않는 집들인데?

옆에 있던 태희가 재빠르게 대답을 했다. 엄마는 화가인데 마을이 예뻐서 사진을 찍고 나중에 그림으로 그린다고 설명했다. 예쁘다가 마음에 들었는지 명확한 대답에 꼬투리를 잡을 수 없었는지 아주머니는 다소 누그러진 표정을 짓고 떠났다. 태희가 명확하게 대답을 해서 다행이지, 내가 우물쭈물하고 있었다면 시비가 붙을 뻔했다. 괜히 지나가는 나그네에게 심통을 부린다고 하니까, 태희가 있을 수 있는 일이라고 사생활 보호가 철저해서 그렇다고 한다. 숲과 눈과 하늘이 개인의 것이 아닌데, 이런 날 나오지 말았어야 했나? 나 역시 사진 찍고 싶은 마음이 싹 사라졌다.

공동묘지를 알리는 대형 철문 안으로 들어가니 중앙에

길이 있고 발아래로 넓은 경사지에 수많은 묘지들이 펼쳐진다. 눈에 덮여 있고 비석도 없고 어디가 어디인지 알 수 없다. 태희가 구글로 검색을 하니 바로 앞이 칼 세이건의 묘지였다. 맨손으로 얼어붙은 낙엽을 뜯어내기가 쉽지 않았지만 달리 방법이 없었다. 이럴 때는 화투라도 있었으면 좋았을 텐데. 대충 낙엽을 뜯어내자 반듯한 네모 판에 그의 이름이 보였고 레고 장난감 유에스비 등 우주를 연상시키는 작은 소품들이 놓여 있었다. 동심의 세계가 보인다. 우주를 꿈꾸는 많은 어린이들이 이곳에 와서 작은 선물을 그의 이름 위에 올려놓았다. 태희는 삶이 허무하거나 무상하다고 했지만 나는 꼬물꼬물한 장난감을 보니 삶은 나에게서 너에게로 영속되어 끝이 나도 끝이 없는 것 같았다.

돌아와서 거실 소파에 기대어 커피를 홀짝거렸다. 추위를 뚫고 다녀오기를 잘했다는 생각이 들었다.

그리스 식당

표현을 절제하면 의젓해 보인다. 청년이 어른이 되는
과정은 얼마큼 자신과 잘 지내는가에 달려 있다.

베아트리체의 초상,
치비타베키아 서쪽 바다

거친 돌무더기와 바위가 나타나고 짙은 남색 바다의 해안선이 눈에 들어온다. 치비타베키아는 고대 에트루리아인 정착지에 세워진 도시이고, 로마의 항구이며 교통의 요충지이다. 이 도시에 사는 친구의 초대로 어느 4월의 토요일 오후 치비타베키아로 갔다. 파도가 유난히 사납게 날뛰는 원인이 해안선에 바위와 돌이 많아서인 것 같았다. 흰 거품을 거칠게 토해내는 바다는 장쾌하고 시원해 보였다. 두려운 마음이 들었다. 로마 테르미니역에서 기차를 타고 창밖을 보다가 한 시간쯤 지나면 도착한다. 출발할 때는 승객이 차서 빈자리가 없었지만 어느덧 자리는 텅텅 비어 있었다.

로마에서 이곳까지의 거리와 위치는 마치 서울에서 인

천 앞바다로 나들이 가는 것과 비슷했다. 해변의 벤치에 앉아서 담배를 피우는 할아버지, 비둘기에게 모이를 주는 소년, 상점 점원은 출입문에 기대어 밖을 내다보는 한가한 거리였다. 지나가는 사람도 별로 없고, 낡은 간판이 달린 정비소 앞에는 스쿠터와 오토바이가 서 있었다. 단순하고 소박한 집들은 주로 하얀색과 하늘색이 많이 보였다. 언덕이나 산에 있는 집은 알록달록 아기자기 예쁜데 바닷가의 집이 단순한 이유는 아마도 환경 탓이리라. 산에는 철철이 꽃이 피고 지고 화려하지만 바다의 색은 단순하니까.

나는 이제 막 도착했고 초대받은 시간까지 제법 여유가 있어 해변에 다리를 쭉 펴고 앉았다. 스탕달은 이 바다와 거리를 사랑했다. 교황령 치비타베키아 영사를 지내며 자랑스러워했고 죽을 때까지 그 직에 있었으며 휴가로 파리에 갔다가 사망했다. 그는 나폴레옹 원정군을 따라서 알프스를 넘었지만 나폴레옹이 몰락한 이후 그대로 밀라노에 머물면서 본격적인 문필 활동을 했다. 얼마나 이탈리아를 사랑했는지 스스로 지은 묘비명으로 짐작할 수 있다. "밀라노 사람, 그는 살았고, 글을 썼으며, 사랑했다." 살고 쓰고 사랑하다. 진정한 문학가다. 주로 밀라노에서 가극과 미술 감상, 독서와 사교로 밤낮을 보내는 예술 애호가 생활을 했다.

훌륭한 예술품을 보고 충격으로 정신이 혼미해지는 현상을 '스탕달 신드롬'이라고 한다. 이는 그가 피렌체를 방문하여 르네상스 시대의 미술품인 귀도 레니의 〈베아트리체 첸치의 초상〉을 감상하다가 무릎에 힘이 빠지고 심장이 빠르게 뛰는 것을 여러 번 경험한 데서 비롯되었다. 초상화의 주인공은 르네상스 시대 귀족 가문에서 일어난 비극적인 사건에서 모티브를 가져와 그려진 여성이다.

그림 속의 베아트리체는 친부로부터 오랜 기간 성폭행을 당해 괴로워했고 그녀의 친오빠, 이복남동생, 새엄마는 분노한다. 아버지가 지속적으로 가족을 모질게 학대하자 오빠는 친부 프란체스코를 살해하고 실족사로 위장한다. 하지만 얼마 후 사건의 전모가 발각되고 가족은 사형에 처해진다. 오빠는 사지가 찢기는 형벌로 사등분되고, 새엄마 루치아나는 교수형을 당했다. 그리고 남자의 넋을 잃게 한다는 소문난 미인이었던 베아트리체가 교수형을 당하기

직전에 뒤돌아본 모습을 귀도 레니가 그렸다. 로마에서 마지막 처형장에서의 그녀를 보기 위해 수많은 인파가 몰렸다고 한다. 교황 클레멘스 8세는 첸치 가의 재산을 몰수했다. 교황이 첸치 가를 제거하려고 의도적으로 사건을 만들었다는 설도 있다. 불후의 명화에 압도당하는 스탕달 신드롬의 이유가 되었다는 또 하나의 작품이 있다. 스탕달이 그림에 대해서 언급을 했다면 논란이 없었을 텐데 아쉽다. 대개는 베아트리체의 초상을 말한다. 내가 그림에서 그녀의 표정을 보고 잠시 멍했던 느낌은 무심한 초연함이었다.

뜻하지 않게 훌륭한 미술품을 보고 충격을 받는 경우도 있지만 대부분의 경우 미술품 감상하기는 훈련을 받아야 한다. 운동이나 악기 연주를 하려면 오랜 기간 훈련을 받아야 가능하듯이 미술품 감상하기도 똑같다. 우리가 미술 작품을 보고 감동을 느끼는 것은 그 작품에 대해서 배경 지식이 있기 때문이다. 현대미술은 관념적이고 지적인 부분이 많아서 제대로 감상하려면 공부해야 한다. 메시지는 반미술적인 것이 아니다. 왜냐하면 사람의 본질은 서사에서 출발하기 때문이다.

친구는 맛난 식사를 준비하고 기다리고 있었다. 한식과 이탈리아식이 절충된 요리와 레드 와인. 와인은 슈퍼에서 가성비 좋고 맛도 좋아서 인기 있는 네로 다볼로이다. 활짝 열어둔 창 너머로 훈풍이 불어오고 바닷가에 어둠이 내렸다. 철썩철썩 파도치는 소리는 더욱 크게 들렸다.

신도선착장

메시지는 반미술적인 것이 아니다. 왜냐하면 사람의
본질은 서사에서 출발하기 때문이다.

국보 34호 탑돌이,
창녕

이웃에 사는 친구가 일 년간 부산에서 직장 근무를 하게 되었다. 어느 주말, 나는 서울에서 내려가고 친구는 부산에서 올라와 창녕 버스 터미널에서 만나 우리는 함께 우포로 가기로 했다. 서울에서 출발하기 전 나는 우포에 사는 사진가 정봉채 작가에게 전화했고 숙소도 오래전에 예약을 했다고 알려드렸다. 1박 2일의 일정이라 해도 어쨌든 여행은 설렘을 느끼게 해준다. 그리고 멜랑콜리하다.

살짝 설레는 마음으로 창녕 버스 터미널에 도착해서 스마트폰을 찾았으나 보이지 않았다. 주방 식탁 위에 얌전하게 두고 나온 것이 분명하다. 친구의 전화번호를 기억하지 못하니 페이스북에 로그인해서 메시지를 남길 수밖에 없었다. 주변을 살펴봐도 그 흔한 pc방이 보이지 않는다. 근처 가전제품 대리점과 부동산 중개 사무소에 가서 상황 설명을 한다. 컴퓨터를 쓸 수 있는지 양해를 구했지만 거절당한다. 하루 종일 통화가 안 되는 나를 찾아다닐 친구를 생각하니 마음이 급했다. 이런 곤란함을 겪고도 나는 여전히 스마트폰을 잘 두고 다니는 나쁜 습관이 있다.

어쩔 수 없이 여관에 가서 컴퓨터를 사용하기로 결정하고 바쁘게 여관을 찾아 나섰다. 드디어 발견한 여관 앞에서 눈에 익은 승용차와 마주쳤다. 친구는 같은 시간 나를 찾아서 승용차로 터미널 주변을 빙빙 돌다가 여관 앞에서 딱 만났던 것이다. 이런 반가움이란 마치 이산가족이 만난 수준이었다.

친구가 나를 찾아다니면서 동네를 돌다가 우연히 탑을 보았는데 기운이 범상치 않았다고 한다. 평소에 친구의 안목을 인정하던 나는 호기심이 발동해서 그 탑을 본 후에 천천히 우포로 가자고 제안했다.

지는 해를 배경으로 서 있는 탑은 멀리서 봐도 반듯하게 생겼다. 홀로 서 있는 모양이 쓸쓸하지만 낭만적으로 보였다. 탑은 국사 교과서에 나온 통일신라 시대의 분위기가 있고 뭔가 특별한 이야기를 간직한 것 같았다. 우리가 도착하니 비구니 스님과 주민들 몇 명이 모여서 막 탑돌이를 시작하려고 했다. 스님께 인사를 하고 그곳에 비치된 안내문 책자를 보면서 친구와 나도 탑돌이를 했다. 탑돌이를 마무리하자 주변에는 어둠이 내렸고 주민들은 흩어졌다. 우리가 스님께 인사를 하고 떠나려고 하니, 스님은 우리에게 어디서 왔는지 물으며 저녁 식사를 같이 하자고 제안한다.

친구가 잠시 생각하는 동안 내가 잠깐의 망설임도 없이 스님을 따라가자고 했다. 앞 차에는 스님과 마산에서 오신 초등학교 여교장 선생님이 탔고, 우리는 뒤 차로 어둠 속 구불구불한 산길을 따라서 청국장 전문 식당에 도착했다. 식탁에 둘러앉은 네 사람은 오래된 친구들이 운명적 명령을 수행하려고 만난 것 같았다. 청국장을 먹으면서 탑에 관해서 이야기하다가 탑이 국보 34호임을 알게 되었다. 식사 후 자리를 옮겨 최근에 문을 연, 창녕에서 제일 유명하다는 카페로 갔다.

스님과 교장 선생님께서 우리가 뭐 하는 여자들인지 궁금해한다. 늦은 시간에 동네 주민도 아니고 관광객도 아닌 여자 둘이서 탑돌이를 하고 밥을 사준다고 따라나선 것이 너무 궁금하다고 한다. 친구는 건축가이고 나는 화가인데 우포로 가려다가 스마트폰을 두고 와서 헤매다 우연히 국보 34호를 보았고, 탑돌이를 하게 된 경위를 설명했다. 이모든 것이 내가 스마트폰을 두고 와서 생긴 해프닝이다.

여름밤은 깊어가고 커피를 앞에 두고 대화도 깊어갔다. 처음 만난 인연이지만 웃고 떠들다 보니까 자리에서 일어나기가 아쉬웠다. 결국 카페가 문을 닫을 때에야 일어났다. 낯선 장소가 친숙하게 느껴지며 동시에 전 세계가 타향으로 느껴지기도 한다.

자리에서 일어날 즈음 하루 종일 정작가님께 연락하지 않았다는 것을 알고 전화했더니 깜짝 놀란다. 아침에 서울에서 출발한다 하고는 심야까지 연락이 안 되니 걱정했다고 한다. 열한 시가 넘은 늦은 시간이라서 우포는 내일 보기로 하고 우리는 예약한 숙소로 향했다. 칠흑처럼 어두운 시골길을 달리다가 차창을 활짝 열었다. 뜨겁고 메마른 흙 냄새가 훅 달려들었다.

그 후로 스님을 가끔 만났고 국보 34호를 보려고 창녕을 들렀지만, 언제부터인가 창녕으로 향하는 발길이 뜸하게 되었고 이제는 안 간 지가 몇 년은 되었다. 친구도 연락은 하지만 예전처럼 1박 2일을 자주 갖지는 않는다. 시간은 늘 살아 움직이는데 무엇 하나 고정되는 일은 없다.

낯선 장소가 친숙하게 느껴지며 동시에 전 세계가 타향으로 느껴지기도 한다.

어디에나 호퍼였다,
CTB 카페

뉴욕 맨해튼 44번 가에서 고속버스를 타고 다섯 시간쯤 북쪽으로 올라갔다. 창밖으로 눈 덮인 들판이 펼쳐지고 드문드문 나타나던 미국식 목조 주택이 자주 보이기 시작하면 이타카에 도착한 것이다. 태희의 아파트에 짐을 풀고 입은 옷 그대로 밖으로 나왔다. 어둠이 내리기 시작한 거리에는 벌써 가로등이 켜졌고 곳곳에 눈이 제법 쌓여 있다. 내가 어렸을 때는 서울에도 눈이 많이 내렸는데 최근엔 눈 내리는 날이 줄어서 타지에서 눈을 만나면 더욱 반갑다.

거리 모퉁이에 자리를 크게 차지하고 있는 CTB 카페는 'since 1976'이라고 유리창에 써놓았다. CTB는 칼리지 타운 베이글의 약자이다. 선명한 녹색 철제 기둥과 통유리 벽으로 눈이 쌓인 밖의 풍경과 따뜻한 실내의 풍경이 연결된다. 안에서 밖의 풍경을 여과 없이 볼 수 있으니 완벽한 차경이다.

묵직한 나무문을 열고 들어가니 실내의 훈훈한 온기와 오래된 소품이 우리를 반겼다. 알록달록한 소품들이 벽면 선반 위에 나란히 있다. 계산대 뒤쪽 칠판에 분필로 쓴 메뉴는 카페의 연륜을 짐작하게 한다. 낡고 오래된 것은 정겹고 아름답다. 최근에 유행하는 복고풍 비슷한 분위기다. 막내와 나는 실내 한가운데 둥근 테이블에 자리를 잡는다. 우리는 배가 고파서 햄버거와 베이글과 커피로 푸짐한 식사를 하고 여유롭게 창밖을 응시했다. 테이블을 마주하고 둘은 별로 할 말이 없다. 말을 하지 않아도 어색하지 않는 사이만큼 편안한 관계가 또 있을까? 친구 같은 엄마와 딸이다.

눈이 쌓이고 찬바람이 불어서 밖은 을씨년스럽고 삭막해 보였다. 창밖의 풍경을 멍하니 바라보자니 차츰 매우 낯익은 장소처럼 느껴졌다. 오가는 사람이 없는 침묵의 풍경

위로 유년의 외로움이 떠오른다. 내가 처음 온 장소지만 오래전부터 알고 있던 곳 같다. 나무가 앙상하고 눈이 내린 한적하고 쓸쓸한 풍경이 오래전 기억을 불러온다. 초등학교 시절 문구점의 크리스마스카드 같다.

앉은 자리에서 아무 데나 스마트폰 렌즈를 들이대도 모든 풍경은 에드워드 호퍼의 그림이다. 특히 밖에서 바라보는 CTB 카페는 호퍼의 식당을 연상시킨다. 도시의 풍경에서 현대인의 고독을 담은 호퍼의 작품은 미국 소도시 어디에서나 볼 수 있는 풍경이다.

내년쯤 이 자리에 신축 빌딩을 지을 계획이라서 카페는 철거될 예정이라고 한다. 이러한 소식에 학생과 교수와 동문의 반대가 심했다고. 덕분에 코넬 대학의 상징으로 유서 깊은 카페는 사라지지 않고 건너편으로 옮겨간다. 모든 장소는 그만의 운명이 있다.

내가 대학 일 학년 때 설악산으로 MT를 가는데 용대리에서 백담사까지 걸어가야 했다. 용대리에서 백담사까지 어떻게 가야 하는지 선배에게 물어보니까, 홍대 정문에서 유정 다방 찾기라고 한다. 그만큼 찾기가 쉽다는 뜻이다. 이제는 사라진 유정 다방. 서울에도 대학마다 역사를 함께 하는 다방이 있는데 CTB도 그런 카페다.

최근에 인터넷에서 우연히 장소를 옮긴 CTB 카페를 보았는데 메인 색상이 녹색에서 빨강으로 바뀌었다. 레드가 산뜻하기는 하지만 그린의 깊은 연륜이 안 보여서 좀 아쉬웠다. 태희는 학교를 졸업하고 취업을 했으나 코로나 시기에 재택근무라서 계속 이곳 아파트에 살게 되었다. 다시 겨울이 되었고 나는 이 년 만에 이곳으로 왔다. 거리에는 아직 가을이 남아 있지만 조금 내린 눈이 거리를 살짝 덮었다.

CTB 카페는 건너편 붉은 벽돌 건물 일 층에 크게 자리를 잡아 이전했다. 길게 늘어선 실내에서 오른쪽으로 돌아가면 뒷문 근처에 테이블 세 개가 나온다. 그중에서 가장 끝자리 테이블이 명당자리이다. 앉으면 큰 창 너머로 넓은 주차장과 주차장 너머의 건물과 높은 기둥이 한눈에 들어온다. 풍경은 마치 1930년대 공장 지대를 연상시킨다.

눈이 많이 내린 날 차들이 지나가면서 남긴 바큇자국이
흰 종이에 4B 연필로 그은 것 같다. 그 자리의 딱 하나 단점
은 테이블 바로 위에 스피커가 있어서 음악 소리가 크게 들
리는 것이다. 침묵 속에서 밀도 있는 풍경을 감상하기에 큰
음악 소리는 방해가 된다. 이어폰을 꽂고 책을 뒤적이다 무
심하게 창밖을 바라본다. 나는 카페를 좋아한다.

칼리지 타운 카페

앉은 자리에서 아무 데나 스마트폰 렌즈를 들이대도
모든 풍경은 에드워드 호퍼의 그림이다. 특히 밖에서
바라보는 CTB 카페는 호퍼의 식당을 연상시킨다.

비가 불러온 가죽 냄새,
두오모 광장

휴가철이 끝나고 가을이 시작될 때 두오모 노천카페에서 광장을 바라보면 마치 한 편의 영화를 보는 것 같다. 휴가를 마치고 돌아온 밀라노 사람들의 구릿빛 피부와 패션을 볼 수 있다. 적당히 그을린 얼굴과 개성 있는 패션으로 무장한 그들을 보고 있으면 패션의 왕국 밀라노를 실감하게 된다. 누구라도 찍으면 그대로 잡지 화보가 될 수준의 멋쟁이들이다.

거리의 패션에 취해서 시간 가는 줄 모르고 있었는데 노천카페 테이블 위로 비가 떨어지기 시작했다. 친구와 나는 비를 피하기 위해 서둘러 가까운 가죽 상점 안으로 들어갔다. 비가 습기를 더해서 가죽의 냄새가 매장 안에 진동했다. 진한 가죽 냄새는 전광석화처럼 유년의 기억을 불러일으켰다.

부산에서 젊은 아버지는 어린 나를 가죽점퍼 안에 넣고 자전거나 오토바이를 타고 바닷가 근처를 달렸다. 아버지가 우셨는지, 땀을 흘렸는지 가슴을 타고 흐르는 물기와 적당한 짭짤함에 대한 기억이 남아 있다. 바닷가 짠 내음과 불어오는 찬바람, 진한 가죽점퍼의 냄새도 또렷하다. 엉킨 실타래 같은 기억 뭉치 속에서 나의 가장 오래된 기억의 실마리는 소금기의 냄새와 찬바람이다. 러닝을 입지 않은 아버지의 가슴에 얼굴을 대고 있다가 내 뺨에 와 닿는 물기가 슬프다는 것을 알았다. 내게 슬픔이 전달되었으니 땀보다는 아마도 눈물일 것 같다. 냄새에는 사회적 정보와 개인적 기억이 담겨 있다. 후각은 시각이나 촉각보다 강렬하다. 슬픔과 가죽점퍼의 냄새는 내 기억의 지하실에 있다가 어느 순간에 느닷없이 소환되었다.

　아버지는 패션 감각이 뛰어나고 노래를 잘 부르고 그림을 잘 그렸다. 한가한 오후 '꽃 중의 꽃 무궁화 꽃 삼천 만의 꽃'을 자주 불렀고 은근히 해병대 출신이라는 자부심이 있었다. 한 회사에 오래 근무하지 못하고 자주 이직을 했고 친구가 많았다. 고등학생이었던 사촌오빠들은 내 아버지인 그들의 막내삼촌의 옷을 물려받기를 은근히 기대했다. 아버지는 법대를 졸업했지만 할머니 몰래 극장 간판을 그렸다. 어쩌다 할머니에게 들키는 날이면 할머니는 아버지를 붙잡으려고 극장으로 달려갔고 아버지는 잡히지 않으려고 숨어 다녔다고 한다.

당시에는 극장 간판 그림이 흥행에 큰 영향을 주었다고 한다. 지금처럼 영화 광고를 할 수 있는 다양한 매체가 없었으니 간판을 어떻게 구성하고 그리는지가 중요했다. 인상적인 신, 특히 여배우의 얼굴과 몸매가 간판 그림의 중앙에 가득차게 그렸다. 영화 제목이나 광고 문구도 글씨로 썼을 테니까, 디자인과 회화를 동시에 잘해야 가능한 것이 극장 간판이다. 부산 시내 몇몇 개봉관의 간판은 아버지 몫이었다고 한다. 언젠가 나는 우연히 어느 동네에서 아버지가 그린 전파사 간판을 본 적이 있다. 그 전파사 간판은 모던하고 멋졌다.

오랜 타향살이 중 길거리에서 어쩌다가 모국 음식의 향을 맡을 때 그리움이 치밀어 오른다. 누군가를 기억할 때 그 사람만의 향기가 있다. 이를테면 비누 냄새, 조간신문 냄새라든가, 계절마다 내리는 비에도 냄새가 있다. 오랜만에 들른 엄마의 방, 이불 속은 지상에서 가장 편안한 곳이다. 독립해서 살고 있는 아이들도 집에 오면 내 침대에서 몇 시간씩 잠들곤 한다. 내 작업실을 방문한 친구들은 린시드, 테레빈, 유화 보조제 냄새와 물감 냄새에 환호한다. 화실의 냄새는 왠지 낭만적이고 그들의 학창 시절 기억을 불러일으킨다고 한다.

친구와 비를 피하여 상점에 들어갔다가 거리로 나왔지만 비는 아직도 그치지 않고 내렸다. 유년은 강하다. 언제나 내 안에 있으니까. 집에 돌아오니 태준이가 먼저 와 있었다. 김치전을 부치고 둘이서 맥주를 마셨지만 어디선가 허공에 이상한 가죽 냄새가 맴돌았다.

냄새에는 사회적 정보와 개인적 기억이 담겨 있다. 후각은 시각이나 촉각보다 강렬하다.

잘 가,
나를 떠나는 친구

떠나는 친구에게 잘 가, 라고 한다.

한때 모든 것을 함께했지만 이유 없이 친구가 멀어져간다.

같이 차를 타고 오다가 창밖을 보고 있는 내 어깨를 두드리며 친구가 말한다.

요즘 일이 많아 연락을 못 해서 미안하다고 한다.

언제는 우리가 일이 적어서 자주 만났었나, 의문이 든다.

친구의 존재는 솔직함과 진실함과 편안함이다.

친구는 내게 예의를 다하여 자신을 설명한다.

말없이 조용히 각자의 생각에 잠겨도 여전히 어색하지 않다.

있는 듯 없는 듯, 편안해서 함께하는 고독을 즐길 수 있다.

우정을 빌미로 구속하지 않는다.

나보다 내가 소개해준 친구와 더 친해진 내 친구, 잘 가.

나도 친구가 한 만큼 예의를 다한다.

멀리하고 싶은 친구가 생겼다.

처음에는 친구의 비판적인 사고에 끌려서 그의 공격적인 말투를 몰랐다.

범사에 비판이 계속되자 나는 피곤해졌다

모든 것은 사라졌고 공격적인 언어만 공중에 둥둥 떠다닌다.

우정에는 규칙이 없다. 잘 가, 내 친구.

나는 예의를 다해서 친구가 눈치채지 못하게 서서히 멀어져간다.

우정에는 규칙이 없다. 잘 가, 내 친구.

이발소 그림,
춘천 38쉼터

38쉼터

양양에서 서울로 돌아올 때 춘천에 38쉼터가 있으니 둘러보자고 윤PD가 제안했다. 특히 내가 좋아할 풍경이라고 하니 관심이 생겼다. 남북이 휴전선으로 나누어지기 이전에는 북위 38도 선으로 나누어졌었다. 그때를 생각하며 만든 곳이 춘천 38쉼터. 도로 주변에 승용차가 여러 대 있는 것을 보고 이곳이 범상치 않음을 짐작했다. 주차를 하고 친구들과 나는 나무를 헤치고 안으로 들어갔다.

앗! 하고 탄성을 지를 만한 풍경이 기다리고 있었다. 중앙에 넓은 공터가 있고 좌우로 숲과 잡초가 우거졌고 앞은 호수다. 호수는 산에 둘러싸여 있다. 잔잔한 물결은 단단하고 야무져 보이고 주변의 산을 비추고 어울려서 완벽한 그림을 완성한다. 한 폭의 그림에 풀 향과 흙 향기가 진하게 진동한다. 유년에 익숙하게 봐온 달력 속 풍경, 이발소 풍경화다. 이발소에서 가장 많이 본 풍경화는 밀레의 〈만종〉이 아닐까? 농사를 마치고 기도하는 농부의 모습이 당시에는 크게 공감을 받았나 보다.

공터에는 낡은 탁자를 중심으로 의자 몇 개가 여기저기

나뒹굴고, 탁자 위에는 오래된 신문 뭉치가 있다. 긴 시간을 품은 장소가 주는 묘한 신비감과 긴장감이 교차한다. 장소는 시간을 담고 있다. 흙바닥에는 38쉼터라는 흐린 글씨체의 간판이 떨어져 있고 옆으로 매점의 흔적도 남아 있다. 함께 간 친구들은 카메라 셔터를 누르느라 여념이 없다.

국도가 번창하고 오가는 사람이 많았을 때는 영화로웠던 곳이다. 고속도로가 생기면서 이제는 폐허가 되었고 잡초만 무성하다. 아무것도 없는 이곳에 여전히 사람들이 오는 것을 보면 사람들 마음은 비슷해서 폐허의 매력에 끌리는 것이다. 결코 시시하다고 할 수 없는 이유는 그곳에 시간이 머물렀기 때문이다. 시간이 치명적인 이유는 되돌릴 수 없기 때문이 아닐까? 당연하지 않나? 그리고 시간이 쌓여 있을 때 전달되는 무게의 힘은 크다. 오래된 것은 다 아름답다.

세상에 실재하는 장소를 재해석하고 물감으로 옮기다 보면 비현실적인 장소로 태어나게 된다. 자신만의 방법으로 사물을 재해석하는 것이 작가의 스타일이다. 나는 지금의 작업 스타일을 갖고자 의도한 적이 없다. 여행과 독서를 즐기고 혼자 있기를 좋아하고 가슴 밑바닥에 외로웠던 유년이 있으면 자연스럽게 이런 스타일이 된다.

과거와 현재를 오가며 끝없이 상상하고 생산하는 이미지는 늘 쓸쓸하다. 자주 받는 질문 중에 하나는 "현재의 나는 다복해 보이는데 그림은 왜 쓸쓸한가?"이다. 둘 다 내가 맞다. 나의 경우, 창조의 기본은 고독과 우울에서 출발한다. 내가 나를 끌어내어 은유를 통해서 작품을 완성한다. 작품이 타인에게 공감과 위안을 줄 수 있다면 큰 기쁨이다. 예술은 지속적으로 내면의 것을 끌어내고 비우고 채우는 것이다. 뭔가를 쌓아가는 것이 아니다. 비우는 것이다. 예술가는 태어날 때 마르지 않는 샘, 풀 수 없는 의문, 사라지지 않는 뭔가를 가슴에 담고 태어난다. 다자이 오사무는 가슴에 죽지 않는 벌레 한 마리를 품고 사는 것이 예술가라고 했다. 평생 동안 그것을 해결하고자 몸부림치다가 사라진다.

서울로 돌아가는 시간은 빠듯했지만 경이로운 풍경 앞

에서 일행은 할 말을 잊었다. 꼭두새벽 서울을 출발해서 38 선 일대의 몇 곳을 둘러보고 깜깜한 밤이 되어서야 돌아왔다.

아무것도 없는 이곳에 여전히 사람들이 오는 것을 보면 사람들 마음은 비슷해서 폐허의 매력에 끌리는 것이다.

이브 클랭의 블루,
하도리의 밤

제주에도 눈이 많이 내려서 제주행 비행기가 며칠 동안 결항되었다. 눈이 쌓인 제주에서 칼바람 소리를 듣고 싶었지만 서울이 연일 폭설이라 공항이 마비되었다. 항공사에 확인했더니 예정대로 비행기가 출발한다고 했다. 김포 공항에 가서 종일 기다리다 오후가 되니 다시 결항이라고 한다. 공항에서 한나절을 보내며 커피만 연거푸 마시고 들고 나간 소설은 한 권을 다 읽고 집으로 되돌아왔다.

그러기를 반복하고 삼 일이 지난 뒤 제주에 도착하니 눈은 사라졌지만 거리와 지붕 위에 며칠 전 폭설의 흔적이 잔설로 남아 있었다. 바다가 보이는 카페에서 바다 위로 떨어지는 눈을 보고 싶다. 하도리 박반장이 보내준 카톡 사진

속 서귀포는 눈보라가 휘몰아치고 있다. 안전사고 없음이 보장된다면 저런 날씨 속에 머물고 싶어진다.

공항버스를 타고 세화리에 도착하니 박반장이 버스 정류장에 나와 있다. 그녀가 하도리로 가면서 길을 우회해서 드라이브를 하자고 하여 나는 대환영이라고 맞장구를 쳤다. 제주에 온 작은 소망을 하늘이 알았는지 싸락눈이 날리기 시작, 해안도로 좌우의 가로등과 전봇대 사이로 눈이 사선으로 떨어진다.

하도리는 몇 년 전 제주시에서 민속 연구를 할 때 표본으로 조사할 만큼 제주 민속이 잘 보존된 곳이다. 세화 오일장으로 장을 보러 갔다. 끝자리가 5, 10일 자로 끝나는 날이다. 구좌읍은 흙당근으로 유명해서 서울에서 인터넷 주문으로 자주 이용했다. 시장의 규모는 생각보다 제법 컸다. 제일 먼저 간 곳은 반건조 옥돔이 있는 생선 가게다. 빨간색 플라스틱 소쿠리에 옥돔이 다섯 마리씩 담겨 있고, 작은 것은 삼사만 원 큰 것은 오만 원쯤 했다. 빨간 소쿠리가 줄을 맞추어 진열된 것을 보니, 순간 어느 작가의 작품이 생각나기도 했다.

옥돔을 사서 장바구니에 챙겨 담고 분식집을 기웃거렸다. 김이 모락모락 나서 뿌옇게 보이는 테이블 위로 김밥, 떡볶이, 순대, 어묵 등의 메뉴판이 흔들거린다. 어묵 꼬치를 먹고 싶었지만 입구에 사람이 많아 보여서 그냥 통과했다.

몇 가지 찬거리를 추가로 보고 시장 밖으로 나왔다. 쨍하고 소리가 날 만큼 밝고 청명한 겨울 날씨에 잠시 멈칫한다. 노란 오토바이가 정적을 깨면서 쌩하니 지나간다. 친구의 추천에 의하면 세화 오일장 입구에 리어카에서 다방 커피를 파는 아주머니가 계신다고 그 커피를 강력 추천했다. 세화 바닷가에서 다방 커피를 마시면서 짠 내음과 찬바람을 맞고 싶었지만 리어카는 보이지 않았다. 대신 편의점 아메리카노 한 잔을 챙겨서 바닷가에 좀 앉아 있었다.

지나가다가 하도리 카페라는 간판을 보고 들어갔다. 솜씨 좋게 뜨개질해서 만든 소품이 여기저기 걸려 있고 귀퉁이의 큰 책꽂이에 책들이 가지런히 꽂혀 있는데, 책의 구성이 내 작업실 책꽂이와 비슷하다. 카페 주인장에게 여기 책들을 누가 선정했는지 물어보니 집에 있는 책을 그냥 가져왔다고 한다. 집은 제주시에 있고 여기는 작업실 겸 카페로 차렸다고 했다. 남편이 교사인데 주로 남편의 책이라고 한다.

책의 종류가 내 것과 정말 비슷하다고 하니 그녀가 크게 기뻐한다. 이럴 수가! 책장의 책이 비슷하다는 것은 세상을 대하는 관심이 닮았다는 것이다. 내 또래의 키가 작은 여주인에게 한 권 빌려갔다 내일 돌려주면 안 되나요 했더니, 내일 목요일은 쉬는 날이라고 천천히 달라고 한다. 그 사람이 어떤 사람인가는 책을 보면 대충 짐작할 수 있다.

언젠가 책을 도서관 수준으로 소장한 집에 초대받아서 간 적이 있는데 다양한 분야와 여러 종류의 책들이 있었는데, 문학 전집류만 전혀 없었다. 또한 어느 유명 방송인의 거실 책장에는 자기계발서만 빼곡히 책장을 차지하고 있었다. 나의 독서는 잡식성인데 이런 독서 성향이 우연히 들른 카페에서 상당 부분 일치했다니 반가웠다.

장 보따리를 챙겨 들고 숙소로 돌아왔다. 옥돔을 굽고 지리산 어란을 꺼내고 오랜만에 압력솥으로 흰 쌀밥을 해서 계란말이와 김치까지 완벽한 저녁상을 차렸다. 현관 신발장 옆으로 내가 사들인 상표가 다양한 여덟 병의 와인이 줄지어 있었다. 그중에 밀라노에서 즐겨 마셨던 닭이 그려져 있는 키안티 클라시코를 골라서 오픈했다. 통창의 커튼을 끝까지 활짝 열었다.

특별한 하도리의 블루, 이브 클랭의 블루다. 마당도 하늘도 멀리 보이는 밭까지 경계가 불분명하고 남색과 보라색으로 물들었다. 프러시안블루를 마주하는 밤이다. 어차피 움직이지도 않을 풍경인데 사라질까 아까워서 나 홀로 천천히 식사를 한다. 자유롭고 감미로운 혼밥, 타지의 저녁 밥상을 충분히 음미한다. 이럴 때 눈이라도 내려주면 축복이겠지만.

> 프러시안블루를 마주하는 밤이다. 어차피 움직이지도 않을 풍경인데 사라질까 아까워서 나 홀로 천천히 식사를 한다.

하도리 등대

북방의 아테네,
에든버러의 밤

2015년 여름, 건축 모임 동숭학당에서 잉글랜드, 아일랜드 영미문학의 장소를 찾아갔다. 일행은 각자 출발해서 런던 히드로 공항에서 만났다. 여러 날 동안 문학과 관련된 도시들을 거쳐 스코틀랜드 왕국의 수도였던 에든버러에 도착했을 때는 저녁 무렵이었다. 옛 자취가 고스란히 남아 있는 에든버러는 북방의 아테네라고 불린다. 언덕 위의 신전 같은 건축물과 지적인 분위기 때문이다. 저 멀리 꼭대기에 에든버러 성이 보였다.

아일랜드에서는 더블린, 벨파스트, 골웨이 등을 둘러봤고 세계문학의 도시라는 더블린이 그렇게 활기찬 곳인 줄은 상상도 못 했다. 더블린 시내 번화가에 제임스 조이스의

동상이 있어서 시민들의 문학에 대한 자부심이 대단하다는 것을 느꼈다. 우리 모두가 알고 있는 기라성 같은 작가들이 아일랜드에 많이 있다.

　서울에서 떠나기 전에 영국과 아일랜드 두 나라의 문화, 역사적 갈등을 살펴보려고 일행 모두가 파주 명필름에서 〈보리밭을 흔드는 바람〉을 관람했다. 내가 광팬인 킬리언 머피가 주인공이고 두 형제의 갈등과 아일랜드의 아프고 처참했던 역사를 담은 영화다. 영국이 아일랜드에 가했던 악행이 잘 드러난다.

　에든버러 호텔에 짐을 풀고 숙소 룸메이트였던 이 대표와 함께 밤의 산책을 나갔다. 밤 열 시 늦은 시간의 여름밤은 깊고 선선했다. 한밤중에 구름이 구불구불 현란하게 하늘을 덮고 갈매기가 낮게 날아다니는 것이 가까운 곳에 바다가 있는 것으로 짐작되었다. 갈매기들이 높게 낮게 수직으로 화려하게 비상한다. 부산에서 본 갈매기는 수평으로 날아가는데 이곳은 수직으로 날아간다. 기류 탓이겠다. 하늘을 덮은 구름과 갈매기만으로도 신비로워서 마법의 성

에든버러의 밤

여행이 주는 기쁨 중 하나는 아무것도 하지 않아도 행
복하다는 것이다. 떠나왔다는 것만으로 그다음엔 아무
것도 하지 않아도 좋다.

에 온 듯하다. 상점의 진열장에 다양한 체크무늬와 모직으로 만든 온갖 것들이 있다. 해리 포터의 도시답다.

노란 바탕의 큰 표지판에 화살표 방향으로 올드 타운이라고 쓰여 있다. 그럼 이곳은 뉴 타운인가? 에든버러 역사 지구는 넓고 푸른 프린스 스트리트 가든에 의해 구시가지와 신시가지로 나누어진다. 뉴 타운이라고 불리는 신시가지는 구시가지의 과밀을 해결하기 위해서 개발되었다. 구시가지는 중세의 공간 구조가 잘 보존되어 있고 양쪽으로 좁고 구불구불한 길이 특징이다. 길가에 높은 고층 건물들이 나란히 있고 도시 풍경은 회화적이다.

이국의 밤은 아름답다. 우리는 마땅히 할 일도 갈 곳도 없었으나 거리의 풍경에 이끌려서 좀 걸었다. 밤은 깊었지만 거리에 사람은 많고 그들의 발걸음은 가볍고 활기차다.

기억에 남는 연인이 있다. 큰 키에 건장한 체격의 남녀가 앞서 걸어간다. 남자는 스코틀랜드 정통의 체크무늬 스커트에 흰 와이셔츠를 입었고 여자는 녹색 실크 롱드레스를 입고 걸어간다. 내 느낌에 아무런 근거도 없이 롱드레스의 여인이 남자로 보였다. 그 또는 그녀가 남자이거나 여자이거나 중요한 것도 아니지만 녹색 실크드레스는 밤거리를 더욱 화려하게 빛냈다. 녹색 실크드레스라고 하면 단연코 〈스카페이스〉의 미셸 파이퍼가 떠오른다. 통유리로 된 엘리베이터에서 내려오는 단발머리 녹색 드레스의 모습은 눈부시다. 또 다른 녹색은 실크가 아닌 저지로 된 롱투피스, 도나 카란이 디자인한 〈위대한 유산〉에서의 귀네스 팰트로다. 저지의 두께감과 밀착의 정도가 패션이 예술의 영역에 있다는 것을 알려준다.

여행이 주는 기쁨 중 하나는 아무것도 하지 않아도 행복하다는 것이다. 떠나왔다는 것만으로 그다음엔 아무것도 하지 않아도 좋다. 걷고 걷고 또 걷다 보면 타지에서 우연히 고향의 그리움을 발견하게 된다. 우리는 그리스 로마 스타일의 원기둥이 있는 곳까지 갔다. 어두운 밤을 배경으로 흰 기둥들이 쭉쭉 뻗어서 조명을 받으니 기둥에 새겨진 문양도 보인다. 도리아식, 이오니아식, 코린트식, 학교 다닐 때 교과서에서 배운 것들. 밤은 많은 것을 보이지 않게 하지만 모르거나 보이지 않았던 것을 드러나게 하기도 한다.

그래서 밤은 선생이다.

　카페에서 차를 마시고 호텔로 돌아왔다. 뭔가 아쉬운 밤, 좀 더 걸어야 할 것 같은 밤이다. 가끔은 이 밤이 계속되기를 바랄 때도 있다. 밤에 활동하거나 작업하기에 익숙하고 편하다는 작가들도 많다. 고요함 가운데서 자신의 내면에 집중할 수 있기 때문이다.

보라색에 대한 단상,
암스테르담

물도 안개도 다리도 온통 은색으로 빛났고 그 가운데
보라색이 있었다.

며칠간의 짧은 방학 동안 아이들과 함께 암스테르담에
왔다. 시내 곳곳에 있는 대마초 그림을 보고 자유로운 암스
테르담을 실감했다.

첫날은 오후에 도착, 게스트하우스 주변을 걷고 가까운
슈퍼에서 뭔가를 사고 가죽 상점에서 검은색 가죽 장지갑
을 샀다. 가죽 지갑은 장인의 솜씨인 듯 지갑 가장자리에
주황색으로 또박또박 스티치가 있다. 암스테르담 특유의
좁고 높은 계단을 올라가서 만난 숙소는 천장 높은 사인 실
로 넓고 쾌적했다. 방 안에 세면대가 있고 창문을 열면 정

면으로 운하가 보인다. 대형 스크린에 운하가 펼쳐진 것 같다.

둘째 날은 게스트하우스에서 아침 식사를 하고 아이들과 운하 근처에서 산책을 했다. 멀리서 안개 속에 뭔가 흐느적거리며 흐릿하게 움직이는 것이 보였다.

적당한 길이의 은발을 미풍에 날리며 느릿느릿 다리 위를 걸어가는 여인이 보였다. 몸에 딱 맞는 보라색 원피스를 입고 다리 중앙 난간에 기대서서 건너편을 바라보는 여인은 칠십 대로 짐작되었다. 그녀의 우아하고 무심한 듯한 자세가 내 시선을 끌었다. 담배를 피우면서 한 손으로 머리를 쓸어 올리고 있었다.

물도 안개도 다리도 온통 은색으로 빛났고 그 가운데 보라색이 있었다. 요즘처럼 스마트폰이 있었다면 당연히 사진을 찍을 만한 풍경이었다. 사람이 어떻게 살다가 나이가 들면 저렇게 차분하고 관능적인 매력이 나올 수 있을까? 거리가 제법 있어서 얼굴은 볼 수 없었지만 보라색 원피스와 움직임만으로도 상상할 수 있었다. 그 후로 오랫동안 내

게 보라색은 암스테르담의 아침이었다. 나이와 경험에서
비롯된 여유의 깊이는 닿기 어려운 아름다움이다.

브루클린 다리를
걸어서 건너다

뉴욕 첼시에서 개인전을 했을 때, 전시 제목인 'The Shadow of Solitude'는 외로움과 구분되는 고독에 관한 성찰이었다. 나는 딸과 함께 맨해튼에 머물고 있었다. 이른 봄바람이 불어오는 2월 말의 따뜻한 날은 걷기에 최상의 날씨였다. 브루클린 다리를 걸어서 건너갔다. 날씨가 좋아서 그랬는지 걸어서 다리를 건너는 사람들이 많았다.

다리를 건너와서 처음 만나는 장소는 영화 〈원스 어폰 어 타임 인 아메리카〉의 배경으로 유명한 덤보이다. 주인공 소년 네 명이 걸어가던 길. 영화의 포스터에서는 아직 소년티를 벗어나지 못한 네 명이 사이즈가 커 보이는 모직 코트를 입고 당당하게 걸어간다. 패러디가 많아서 익숙하게 느껴지는 장면이다. 백 년쯤 된 가스 회사와 빌딩들 사이로 웅장한 맨해튼 다리가 보인다. 덤보의 분위기는 1930년대 경제공황 시기 같았다. 평소에 포토 존으로 유명해서 관광객이 많은 장소인데 그날은 평일이라 사람이 적었다. 옛것이 그대로 남아 있는 장소에서는 마치 내가 그 시대로 들어간 듯한 착각에 빠져든다. 오래된 건물이 있는 풍경은 그림 같다.

영화 〈원스 어폰 어 타임 인 아메리카〉의 감독은 세르조 레오네이고, 음악은 최근에 세상을 떠난 작곡가 엔니오 모리코네가 맡았다. 뉴욕 빈민가의 소년이 성장해서 노인이 될 때까지 겪는 사랑과 우정과 배신이 녹아 있다. 영화의 시작은 미국의 금주법 단속 시기이고 영화의 끝은 60년대 비틀스의 노래가 유행하는 시기이다. 주인공 누들스는 노인이 되어서 지난 시절을 회상하고 자신이 평생 동안 속았다는 것을 안다. 하지만 개의치 않는다. 갱스터 누아르 영화의 걸작이다. 이 영화를 1984년에 보았고 그때 큰 감동을 받았으며 지금도 여전히 좋아하는 나의 고전 영화다.

덤보에서 브루클린 다리 아래쪽으로 가면 공원이 나오고 제인의 회전목마가 있다. 오래된 회전목마는 완벽하고 우아하게 복원이 되어서 요즘도 운영을 한다. 입장료는 단돈 이 달러다. 회전목마 뒤로 바다가 있고 그 뒤로 맨해튼이 있다. 사람의 생각은 늘 변화한다. 예전에는 회전목마가 시끄럽고 번거롭게 느껴졌는데 최근에는 낭만적으로 느껴진다. 뭔가 동화적이고 청춘의 연애가 연상된다. 한국 드라마에 연애하는 청춘 남녀가 놀이공원에서 회전목마를 타는 장면을 많이 봐서 그럴 수도 있겠다. 어느 장소에 가면 묘하게 빠져드는 풍경을 만나게 되는데 바닷가 회전목마가 그렇다.

가까운 벤치에 앉아서 바다를 바라본다. 색상은 코발트 블루, 날씨가 좋아서 푸르고 선명하게 보인다. 한가로운 오후다. 공원에는 가족들끼리 나와서 산책하는 사람들이 많았다. 얼마쯤 그 자리에 앉아 있었을까? 자리를 털고 일어나 바닷가를 따라서 천천히 걸었다. 느린 걸음을 재촉하듯 등 뒤에서 바람이 불어온다.

퇴근길

옛것이 그대로 남아 있는 장소에서는 마치 내가 그 시대로 들어간 듯한 착각에 빠져든다. 오래된 건물이 있는 풍경은 그림 같다.

엄마 작품인 줄
알았어요, 밀라노

설산

처음엔 우연히 저 자리에 있었다. 그다음은 누군가가
쇼핑백을 작품으로 봤고 시간이 더해지면서 진짜 작품
이 되었다.

밀라노 집은 현관에 들어서면 오른쪽에 거실이 있고 왼쪽에 주방과 발코니가 있었다. 발코니에 서면 붉은 돌바닥의 광장과 고풍스럽고 우아한 성당이 보였다. 밝은 빛이 쏟아져 들어오고 선선한 바람이 들어오는 넓고 쾌적한 주방이 나의 작업실이었다. 학교에서 과제가 폭발할 즈음에 나는 집에 오면 주방에서 나가지 않았다. 과제와 아이들의 식사 준비, 독서와 그림 그리기, 어쩌다가 하는 바느질까지 전부 주방에서 했다. 잠을 잘 때만 내 방으로 갔다.

거실 소파에 한 번 앉아보지도 못하고 이 주 정도 주방에서만 지냈는데, 거실에서 특이한 일이 생겼다. 아이들은 각자의 침실을 썼고 거실에 책상 세 개가 있어서 일과는 주로 거실에서 지냈다. 하교를 하면 거실 카펫 위에는 가방을 비롯하여 여러 가지 아이들 물건이 쌓여 있다가 등교하면 싹 사라지고 정리된다. 그런데 언제부터인가 다른 물건들은 등장하고 사라지길 반복하는데 종이 쇼핑백 하나만 거실 중앙에 자리 잡고 있었다.

오후에는 창 너머 빛이 들어와서 쇼핑백 그림자가 길게 드리워졌다. 바닥 청소를 하느라 쇼핑백을 치워도 누군가

다시 그 쇼핑백을 그 자리에 두었다. 발이 있는 것도 아닌데 마법의 쇼핑백이었다.

어느 날 저녁, 나는 아이들에게 물었다.
"저 종이 쇼핑백 누구 거니? 왜 이 주일 동안 계속 그 자리에 있니?"

아이들은 당황하면서 엄마의 작품, 그러니까 설치미술이나 현대미술 해놓은 거 아니냐고 한다. 내가 너무 놀라서 무슨 설치미술이냐고 나는 모르는 쇼핑백이라고 했다. 누가 저 자리에 처음 두었을까, 서로 확인했지만 알 수가 없었다. 세 아이들이 처음 보았을 때부터 저곳에 있었다고 한다. 처음엔 우연히 저 자리에 있었다. 그다음은 누군가가 쇼핑백을 작품으로 봤고 시간이 더해지면서 진짜 작품이 되었다.

내가 너무 바빠서 집에서도 아이들과 충분히 대화를 못하니까 서로 묻거나 확인도 안 하고 엄마 작품이려니 믿고 계속 쇼핑백을 챙긴 것이다. 나는 바쁘다는 핑계로 아이들과 대화가 적었지만 저희들끼리는 한 번쯤 묻거나 확인할 수 있었을 텐데, 철석같이 작품이라고 믿은 것이다. 구석에 있던 쇼핑백이 우연히 중앙으로 자리가 밀려가면서 전시물이 되었다.

이번 해프닝은 아이들보다 내가 더 놀라웠다. 흔한 오브제도 어떤 의미를 주느냐 또는 누가 의미를 부여하느냐에 따라서 작품이 될 수 있다는 것이 아이들에게는 자연스러운 현상이었다. "미술은 보이는 것을 그리는 것이 아니고 보이고자 하는 것을 그린다"는 파울 클레의 말을 아이들이 실천했다. 그 안에 엄마에 대한 존경도 느껴져서 우스우면서도 흐뭇했다.

붉은 벽에 싸인
침묵의 장소,
서소문 성지

서소문은 남대문과 서대문 사이에 있는 간문, 서대문 밖 네거리는 조선 시대에 공식적인 처형장이었다. 신유박해, 기해박해, 병인박해를 거치며 많은 천주교인들이 이곳에서 순교했다. 2014년 프란체스코 교황이 먼저 이곳을 찾아와서 애도했고 아시아 최초의 천주교 순례지로 거듭났다. 최근 이곳에 서소문 역사 성지가 조성되었다. 순교한 성인 44인과 복자 27인의 넋을 기리고 있다.

지하 중앙 광장은 붉은 벽에 둘러싸여 있고 올려다보면 사각형의 하늘이 보인다. 올려다 본 사각형의 하늘 끝에 나무 한 그루가 삐죽하게 걸려 있다. 폐목으로 이루어진 작품, 사람 비슷한 형상이 앞으로 뒤로 겹치면서 줄지어 나란히 서 있다. 그 시절의 음습함과 아픔이 새겨져 있는 광장은 단순함 속에서 숭고함이 느껴진다. 비가 오다가 그쳤는지 바닥이 축축하다. 폐목 조형물도 물에 흠씬 젖었다 말라가면서 얼룩얼룩해져서 뭔가 말을 전하는 것 같다. 피로 얼룩진 역사의 땅이 이제는 가까이에서 위안을 주는 장소가 되었다.

성전은 정하상 바오로를 기리는 바오로 성당이다. 한국 천주교사에서 정하상 바오로의 역할은 결정적인 것이었다. 성 정하상 바오로는 신유박해로 순교한 정약종의 아들이자 다산 정약용의 조카이다. 1984년 한국 천주교회 200주년 기념을 위해 방한한 교황 요한 바오로 2세가 성인으로 시성하였다. 박해로 재산이 몰수되어 생계를 유지할 수 없게 된 정하상은 어머니, 여동생과 함께 작은아버지 정약용의 고향에서 살다가 한양으로 옮겨온다. 그는 양반이었지만 역관의 종으로 위장 취업해서 북경으로 갔다. 아마도 최초의 위장 취업이 아니었을까 짐작해본다.

천주교 사제가 조선에 오기를 청하였지만 중국에서 천

주교 박해가 시작되어 북경 교구에서도 선교사를 보낼 수 없었다. 하지만 낙심하지 않고 다음에는 교우이자 중국어 역관인 유진길을 동반했다. 유진길이 쓰고 라틴어로 번역한 서신을 본 교황 레오 12세는 조선을 독립된 전교지로 지정했다. 교황청에 직속시키고 파리 외방 전교회에게 전교를 맡긴다. 정하상의 열성으로 조선에는 독립된 교구가 설치되어 오늘에 이르렀다. 선교에 의해서 천주교가 들어온 것과 다르게 한국은 스스로 찾아가서 천주교를 선택한 세계 유일의 나라이다.

박물관을 연 지 얼마 되지 않은 어느 여름날 오후, 나는 친구와 함께 그곳을 방문했다. 비가 그친 뒤의 잔디밭은 젖어 있었으며 풀 냄새는 싱그러웠고 발을 디딜 때마다 발등으로 물이 떨어졌다. 잔디밭을 지나서 계단을 따라 지하로 내려가면 왠지 지상에서 영원으로 가는 것 같다. 곧바로 성전과 박물관이 펼쳐진다. 침묵의 장소다. 사진을 찍으러 온 청년들도 말소리를 낮추고 발걸음을 조용히 한다.

중학교 시절 내가 다니던 학교 근처에 절두산 성당이 있었다. 학교 수업이 끝나면 네 명의 여중생이 근처 절두산에서 노을이 물들 때까지 놀았다. 학교에서 절두산으로 가는 길은 흙바닥이거나 가끔씩 배추밭이 있었고, 비닐하우스도 드문드문 있는 길이었다. 우리 모두는 천주교 신자가 아니지만 우리들이 놀기에 그만한 장소가 없었다. 논다고 해봤자 수다를 떨거나 주변에 뭐가 있는지 탐색하는 수준이었지만 중학교 삼 년 내내 자주 갔었고, 해가 지는 한강변을 하염없이 바라보곤 했다.

학교가 끝나면 특별한 약속도 없이 과외가 없는 날은 저도 모르게 그냥 절두산으로 갔다. 어두워지기 전에 합정동 버스 정류장까지 걸어가서 각자의 방향으로 버스를 탔다. 우리가 무슨 이야기를 했는지 기억에는 없지만 그날의 풍경은 손에 잡힐 듯하다. 봄날의 거름 섞인 듯한 흙 내음, 당인리 발전소 옆 배추밭, 학교 주변의 정돈된 양옥집들 등이 희미한 풍경으로 남아 있다. 중학교 시절 내내 절두산 성지에서 놀았고 성인이 된 후에 돌아보니 나는 천주교 신자가 되어 있었다.

서소문 성지의 축축한 물기 머금은 잔디 위로 올라오던 싱그러운 흙 내음의 기억이 당시의 풍경과 겹쳐진다. 최근의 건축은 지하를 잘 활용하는 것 같다. 지상과 지하가 하나의 덩어리로 연결되어서 시각적으로 모던하고 세련되었다.

잔디밭을 지나서 계단을 따라 지하로 내려가면 왠지 지상에서 영원으로 가는 것 같다. 곧바로 성전과 박물관이 펼쳐진다. 침묵의 장소다.

은하수의 빛으로
병기를 씻다, 통영

부산진에서 출발해 진도까지 가는 임진왜란 답사 과정에서
통영 세병관을 방문했다. 전라도, 경상도, 충청도의 바다를
지휘하는 총사령부가 삼도수군통제영이고 '통영'이라는 지
명은 여기에서 나왔다.

세병관은 삼도수군통제영의 중심 건물이다. 두보의 시
〈세병마〉에서 따온 것으로 '은하수의 빛으로 병기를 씻다'
라는 뜻이다. 병기를 씻어서 창고에 넣어두고 태평성대로
지내고 싶은 마음. 전쟁 이후 평화를 기원하는 이름이다.
선조 때 통제사 이경준이 제1대 삼도수군통제사였던 이순
신 장군의 전공을 기리기 위해서 지은 통제영의 객사이다.
객사는 외국 사신이나 다른 곳에서 온 벼슬아치를 대접하

고 묵게 하던 숙소이다.

　박경리 기념관을 나와서 큰길을 따라가면 멀리 세병관이 보인다. 가을이지만 여전히 더운 날, 길에서 언덕 위를 쳐다보니 건물의 위용과 규모가 대단해 보였다. 언덕을 천천히 올라가서 지과문을 지나고 마당을 지나서 다시 계단을 오르니 드디어 세병관이다. 오르고 올라서 숨이 차다. 일단 엄청난 크기의 현판에 압도되었다.

　일행과 나는 땀을 식히려고 시원하고 딱딱한 마루에 나란히 누웠다. 누워서 천천히 위를 바라보니 기둥과 기둥 사이 천장에 그림들이 있었다. 그림이 전하는 내용은 알 수 없지만 장면마다 이야기가 있는 그림 같았다. 몇몇 그림은 거북선도 나오고 말을 타고 달리면서 활을 쏘는 장면도 있었다.

　장방형 평면으로, 정면 아홉 칸 측면 다섯 칸에 벽체가 없고 기둥만 있어서 바람이 시원하게 들어온다. 이런 곳에 누워 있으면 에어컨이 필요 없겠다 싶다. 놀라울 만큼 높은 층고에 팔각지붕 형태의 건물이다. 조선 중기 시대의 건축

양식이 잘 드러난 장소라고 한다. 기둥과 천장의 기하학적이고 전통적인 무늬를 보고 있노라면 아름다움에 취해서할 말을 잃는다. 전통 문양에는 곡선이 많다고 여겼는데, 대범한 직선과 기하학적 문양이 어우러진 형태는 세련되고 현대적이다. 누군가는 장식은 죄악이라 말했고 나도 일부 동의했다. 하지만 세병관 천장의 장식은 정확히 맞물려떨어지는 아름다움이 있다. 이런 장식은 훌륭하다.

솔솔 부는 바람과 훌륭한 장식에 취해서 일어나기가 싫었다. 하지만 다음 일정 때문에 게으름을 떨치고 밖으로 나왔다. 계단 아래로 내려와서 언덕 아래로 길을 건너서 다시아래로 계속 내려가면 사거리가 나온다. 가까운 곳에 시장이 있고 윤이상 박물관도 있다. 사거리 카페에서 아이스 아메리카노 한 잔을 사서 마시면서 시장으로 향했다.

조선 전통 양식 건물의 특징이며 장점은 터무니를 잘 살린다는 것이다. 터무니는 땅의 무늬이다. 땅이 가지고 있는 특징, 땅의 높낮이와 방향성을 최대한으로 활용해서 건물에 반영한다. 대지와 하나 되는 건물이다. 최근에는 땅을 평평하게 만들고 건물을 짓는 경우가 많으니까, 터무니를 살린 옛 건축과 비교된다.

누군가는 장식은 죄악이라 말했고 나도 일부 동의했다. 하지만 세병관 천장의 장식은 정확히 맞물려 떨어지는 아름다움이 있다. 이런 장식은 훌륭하다.

머리를 높게 묶은 아가씨,
오타루

오타루역

사람들은 자신이 스스로 생각해냈다고 여기지만 대부
분의 경우는 시대의 생각이다. 예술가에게 가장 중요
한 것은 시대정신을 반영하면서 고유의 작가 정신을
유지하는 것이다..

12월 초 개인전을 열고 나 홀로 삿포로행 비행기를 탔다. 예약한 호텔 건너편에 초대형 캔 맥주 광고판이 반짝반짝 빛나고 있었다. 일본은 시내 어디에서나 대형 맥주 광고판을 쉽게 볼 수 있다. 내가 여행지에서 즐기는 것은 산책하기, 호텔 주변에서 책 읽기, 기차역이나 대학가 서점이나 시내 노점 둘러보기 등이다.

스마트폰을 들고 지도를 살피면서 홋카이도 대학 근처로 가보았다. 일찍 어두워져서 대학 주변은 조용했고 거리는 짙고 푸른 밤 속에 가로등만 드문드문 서 있었다. 12월의 오후 다섯 시, 거리에 이동하는 차량도 별로 없고 분위기는 느슨하고 한적했다. 내가 늘 그리워하는 타향의 느슨하고 외로운 한적함에 적당한 쌀쌀함까지. 패딩 코트보다는 모직 코트가 알맞은 기온이다. 천천히 걷고 또 걸었다.

호텔로 돌아오다가 식사를 하려고 삿포로 역사에 들어가니 전혀 다른 풍경이 펼쳐졌다. 저녁 시간 역사는 퇴근하는 사람들과 쇼핑하는 사람들로 밝고 분주하게 술렁거렸다. 나는 빵 가게로 들어갔다. 간판에 커피와 도넛과 콧수

염 난 남자 얼굴이 그려져 있었다. 실내는 앙증맞은 테이블이 놓여 있고 빈자리는 거의 없었다. 빈티지한 금속 쟁반 위에 커피와 딸기 도넛, 초코 도넛이 장난감처럼 예쁘게 놓여 있어서 먹기도 아까웠다. 쌉쌀하고 구수한 아메리카노와 입 안에서 살살 녹는 도넛의 맛은 일품이었다.

가끔 일본에 오면 시간이 뒤로 돌아간 느낌이다. 서울의 카페는 통창에 넓고 미니멀한 공간이 대세인데 이곳은 아기자기하게 예쁘다. 사람 냄새가 난다. 여고 시절이 생각나는 수예품 장식도 있고 창 위에 걸쳐진 하얀 레이스 커튼도 정갈해 보였다. 역내 이런저런 매장을 기웃거리다 박스 포장이 세련된 건어물 가게에서 발길을 멈췄다. 순간의 망설임도 잠시, 짐을 늘리지 않겠다는 각오로 건어물을 지나쳤다. 얼마 전 방송에서 삿포로의 솔 푸드는 카레라고 했으니까 기회가 되면 먹어봐야겠다.

내가 머문 호텔 근처 벽면에 이 층 높이로 요하네스 베르메르의 〈진주 귀걸이를 한 소녀〉를 모사해놓았다. 세계적으로 알려진 익숙한 명화를 외벽에 크게 그려놓으니까 지나가다 한 번 더 쳐다보게 된다. 광고 효과를 톡톡히 보는 건물이다.

물건이 가지고 있는 원래의 크기에 변화만 주어도 시선을 끌어당긴다. 교토의 어느 호텔에서 가정용 빨래집게를 확대한 빨간 의자를 보았는데 참신했다.

다음 날 다시 역으로 가서 오타루행 기차를 탔다. 여자 주인공이 눈 덮인 산을 향해서 오겡키데스카(건강하십니까?)를 외치는 영화 〈러브레터〉의 배경이 오타루이다. 이 영화는 일본에서 별로 인기가 없어서 묻혀 있다가 한국에서 큰 인기를 얻고 나서야 일본에서 재평가를 받았다고 한다. 지금은 사라진 도서 대출 카드가 아득한 향수를 불러온다. 요즘은 컴퓨터에 도서 대출 내역을 입력하니까 도서 대출 카드가 사라졌다. 예전에 내 학창 시절 때는 책의 뒤표지 안쪽에 도서 대출 카드가 있었다. 그 카드에 빌려간 날짜와 이름을 써두었다. 첫사랑이었는지 아니었는지 아련한 중학교 시절 남학생은 자신과 같은 이름의 여학생 얼굴을 도서 카드 뒷면에 그려둔다. 그들은 성인이 되었고 도서 카드는 영화에서 큰 역할을 한다. 나는 가끔 연인과 함께, 아니면 나 홀로 며칠 동안 눈 속에 갇혀 있고 싶다는 막연한 상상을 해본다. 당연히 전망 좋은 창문과 먹거리와 책과 음악이 있어야 한다.

〈러브레터〉의 촬영지 오타루는 눈의 고향이고 바다로 향하는 운하가 있다. 한곳에 눈과 바다가 있다. 여행 안내지에 오타루를 제대로 보려면 한 정거장 전에 내리라고 권한다. 그렇게 했다. 기차에 내려서 역사로 나오려면 철골 구조의 육교를 건너야 한다. 눈발이 흩날리고 육교는 페인트칠이 벗겨져서 적당히 녹이 슬었다. 풍경이 내가 원하는 스타일이다. 원하는 풍경을 만날 수 있는 것은 원하는 시선이 분명할 때 가능하다. 이런 장면을 만나면 갑자기 마음이 풍요로워진다.

내가 즐기는 풍경을 삼 남매도 알고 있다. 밀라노에 살 때, 나는 밀라노에 있고 새라와 태희는 겨울방학을 맞아서 서울로 갔다. 드라마 〈겨울연가〉로 유명해진 남이섬을 방문해서 전봇대에 민박 광고지가 붙어 있는 것을 보고 내게 전화를 했다. 들판에 규칙적으로 반복되는 전봇대. 눈이 쌓여 있는 풍경이 전형적인 엄마 스타일이라고 그랬다. 태준은 고교 때 혼자서 바르셀로나에 다녀온 적이 있었다. 저가항공을 이용했기에 바르셀로나 공항이 아니라 주변 공항에 내렸다. 공항 밖으로 나오니 땅의 열기는 뜨겁고 저 멀리 붉은 지붕이 아른거리는 것이 엄마의 풍경이라고 했다. 아이들이 말하는 엄마의 풍경은 쓸쓸함과 그리움이다. 적막하고 멜랑콜리하고 우울하고 단순하고 표현은 적고 밀도는 높게. 그런 분위기는 고독하지만 마침내는 따뜻함에 도착한다. 친구들도 어딘가 다녀와서 그곳에 갔더니 딱 네가 즐기는 풍경이었다고 말해줄 때가 있다.

오타루 입구에 있는 오르골 가게에서 유리로 만든 앙증맞은 오르골을 고르고는 목표를 정하지 않고 거리를 한참 걸었다. 마음이 넉넉해지고 뭔가 사치를 부리고 싶어졌다. 때마침 내리는 함박눈을 맞으며 여행 안내지가 추천하는 고급 식당으로 갔다. 메뉴판에서 가장 비싼 요리와 맥주를 주문하고 얌전하게 기다리며 창밖을 응시한다. 눈이 펑펑 내린다. 눈과 사랑의 영화라면 빠질 수 없는 것이 라이언 오닐, 앨리 맥그로 주연의 〈러브 스토리〉이다. 중고교 시절

눈에 쌓인 미국 대학 캠퍼스가 얼마나 멋져 보였는지, 마치 닿을 수 없는 세계 같았다. 주제가는 아직도 좋아한다.

운하 양쪽으로 물건을 싣고 나르는 배가 직접 닿았을 창고들이 나란히 있다. 지금은 개조해서 식당, 술집, 잡화점으로 영업한다. 시대가 변하니 창고의 쓰임새도 바뀌었다. 세월에 장사 없다더니. 장소가 갖는 운명이다. 옛 어른들도 부모를 잘 만나는 것보다 시대를 잘 만나는 것이 좋다고 했다. 사람들은 자신이 스스로 생각해냈다고 여기지만 대부분의 경우는 시대의 생각이다. 예술가에게 가장 중요한 것은 시대정신을 반영하면서 고유의 작가 정신을 유지하는 것이다. 이런 예술가들이 진정한 거장이다.

눈발이 서서히 그치자 거리에는 일본식 전통 장식으로 치장한 인력거들이 여기저기에서 보였다. 인력거꾼은 대부분 남자였는데 머리를 올려 묶고 전통 복장을 한 아가씨가 인력거를 끌고 있었다. 아가씨는 평균 일본인보다 키가 크고 날씬하며 젊고 예뻤다. 뒷자리에는 건장한 중년의 남녀가 타고 있는데 인력거는 쌩쌩 돌아다닌다. 아마도 힘이 움직이는 원리를 제대로 알고 있나 보다. 균형과 속도가 안정감 있어 보인다. 오타루를 생각하면 눈과 머리를 높게 올려 묶은 인력거꾼 아가씨와 영화 〈러브레터〉가 떠오른다. 영화 속 배경이 된 장소는 영화와 함께 영원히 살아 있다.

진정한 이해의 부족으로
위대한 꿈을 잃다

오랜만에 보드게임을 하려고 가족이 모였다. 태준은 보드게임 마니아이고 새라는 모든 영역의 게임에서 수준급이다. 나는 모든 게임이 젬병 수준인데 보드게임만은 그럭저럭 아이들을 따라간다. 게임에 무관심한 남편은 간식 시간이나 식사 시간에만 같은 테이블에 앉는다. 내가 저녁 식사를 준비하는 동안은 모두가 휴식이다.

제대로 이해하면 사랑하게 된다. 내가 식사 준비를 하면 가족이 반찬을 전혀 남기지 않고 맛나게 식사를 한다. 그래서 가끔은 미안하다. 평소에 얼마나 소홀히 했으면 뭐라도 요리만 하면 그릇을 싹싹 비울까. 늘 미안한 마음이지만 그 덕에 아이들은 음식 투정 안 하고 건강하게 자랐다.

봄

관심은 사랑의 출발점이다. 관심을 가져야 제대로 이
해할 수 있고 사랑하게 된다.

주방에서 저녁 식사를 준비하는데 딸이 다가와서 밥을 너무 잘했다고 칭찬을 한다. 요즘은 서른의 딸이 예순 엄마를 칭찬하는 분위기이다. 아직 식사 전인데 뭘 잘했을까 싶어서 딸에게 물어봤다.

"아직 밥도 안 먹었는데 뭘 그렇게 잘했어?"

딸의 대답은 간단했다.

"밥공기에 밥을 알맞게 담았잖아. 반찬도 먹을 만큼만 담았고."

칭찬할 것이 없으니 저런 칭찬이라도 하는 걸까? 요리의 수준이 아닌 다른 시각으로 전환해서 칭찬을 해준다. 내게 요리를 잘한다고 했으면 빈말이라 여겼을 테지만 양을 정확하게 담았다고 하니까 나도 공감한다. 관심은 사랑의 출발점이다. 관심을 가져야 제대로 이해할 수 있고 사랑하게 된다.

진정한 이해의 부족으로 위대한 꿈을 잃었다. 오래전 펄 벅의 『서태후』를 읽은 적이 있다. 상당히 두꺼운 책이 한 문장으로 정리되었고 내게 큰 감동을 주었다. 내 기억 속 내용은 서태후가 반군에게 쫓겨서 도망가는데 급박한 순간이라서 아무것도 못하고 궁궐을 빠져나갔다.

탁자 위의 재떨이에 피우던 담배도 그냥 있었고 읽던 책도 덮지 못하고 펼쳐진 상태였다. 펼쳐진 책의 페이지에 "진정한 이해의 부족으로 위대한 꿈을 잃었다"라고 씌어 있었다. 저자는 서태후가 이 문장을 읽고 도망을 갔는지 아니면 그냥 갔는지 알 수 없다고 했다. 하지만 행간이 주는 느낌으로 미처 읽지 못했다는 것을 짐작할 수 있다. "이해한다." 저자는 이것을 전달하려고 길게 돌아서 펼쳐진 책의 문장으로 인용한 것이다.

비슷한 시기에 미술대학 회화과에서 뭔가를 발표하고 서너 명의 교수로부터 평가를 받았는데, 한 교수가 내게 낮은 점수를 주었다. 나머지 교수들에게 후한 점수를 받아서 나는 별다른 불만이 없었다. 그런데 발표를 주관했던 교수가 다른 교수의 낮은 점수에 항의를 했다. "미술은 이해다. 발표자는 미술을 이해하고 있다."

항의한 교수는 니콜로 살바토레. 나는 이 말에 망치로 얻어맞은 듯 머리가 아찔했다.

두 교수는 몇 마디 대화를 했고, 낮았던 점수는 높은 점수로 변경되었다. 그 점수가 크게 중요한 것은 아니었지만 항의하는 교수의 태도와 "미술은 이해다"라는 말은 내게 감동을 주었다. 한동안 내 머릿속에서는 "미술은 이해다" "진정한 이해의 부족으로 위대한 꿈을 잃었다"가 늘 함께 했다.

당시 내 아이들은 밀라노에서 사춘기인 중고교 시절이라서 나는 엄마로서 '진정한 이해'가 무엇일까에 대해서 깊이 고민했다. 시간은 지나갔고 이제는 성인이 된 아이들이 나를 이해해준다. 이해는 사랑이다. 우리가 누군가를 도저히 이해할 수 없다면 그를 사랑하지 않는 것이다.

기억의 예술,
베를린 노이에 바헤

노원구 북서울 시립미술관에서 케테 콜비츠 판화 전시를 보고 먹먹한 마음에 발걸음이 쉽게 떨어지지 않았다. 작품마다 넘쳐나는 상처와 슬픔과 위로가 절절하게 전달되었다. 집으로 돌아오는 내내 그 후로 며칠 동안 그녀의 판화 이미지가 머릿속을 맴돌았다. 케테 콜비츠는 독일을 대표하는 화가다. 그녀는 평생 병든 사람들을 무료 진료한 의사 카를 콜비츠와 뜻을 함께했다. 가난, 질병, 실직, 매춘 같은 사회적 문제를 예술로 끌어들였고 노동자, 농민 같은 억압받는 민중들의 모습을 검은색, 회색, 흰색의 선 굵은 판화로 강렬하게 표현했다.

제1차세계대전으로 아들을 잃은 그녀는 그 슬픔과 고통

을 이겨내며 반전 포스터를 제작하고 전쟁의 참혹함을 알리는 데 온 힘을 다했다. 전쟁으로 아들을 잃은 모든 어머니를 대변했고 청년을 더 이상 전쟁터로 끌고 가지 못하도록 실천하고자 노력했다. 그 이유가 자신이 화가로 존재하는 이유라고 말했다.

북서울 시립미술관에서 판화 전시를 본 얼마 후에 베를린에 갔다가 노이에 바헤를 들러봤다. 노이에 바헤는 '새로운 경비대'라는 뜻이고 전쟁과 독재의 희생자를 위한 추모관이다. 베를린에 기억과 추모의 예술이 많은 이유는 산업화 시기 억압당한 노동자들의 참상과 나치와 제2차세계대전에 대한 반성과 성찰의 반영으로 보인다.

노이에 바헤 전면에는 도리아식 기둥이 있다. 주량 현관을 지나서 건물 안으로 들어가면 사방이 막힌 벽과 텅 빈 공간이 주는 정적에 숨이 막힌다. 다만 천장 중앙에 둥근 창이 있어 자연광이 들어온다. 위에서 스포트라이트처럼 빛이 떨어지는 바닥 중앙에 콜비츠의 많이 크지는 않은 바위 덩어리 같은 청동상이 전시되어 있다. 천장 창을 통해서 시간의 흐름과 함께 눈이 오거나 비가 내리는 날씨의 변화가 건물 바닥과 청동상에 그대로 전달된다.

1938년에 제작한 〈죽은 아들을 안은 어머니〉는 죽은 예수를 안고 있는 성모 마리아의 피에타 주제를 나타낸 청동상이다. 텅 빈 공간 안에 작품이 한 점만 전시되어 있어서 감상의 몰입을 높여준다. 그리고 전시장과 작품 사이의 긴장감도 커진다. 텅 빈 건물의 내부는 추모라는 목적에 맞게 조용하고 엄숙하다. 신고전주의 건물로 독일 건축가 카를 프리드리히 싱켈이 디자인했다. 기억의 예술을 전시하는 장소로서 놀랍도록 훌륭하다.

베를린에 기억과 추모의 예술이 많은 이유는 산업화 시기 억압당한 노동자들의 참상과 나치와 제2차세계대전에 대한 반성과 성찰의 반영으로 보인다.

엄마의 꿈은 자식의 성공이다, 프랑스 미니 이층집

내가 중학교를 다녔던 1970년대에 불광동, 남가좌동에 프랑스 미니 이층집이라는 집 장사 집들이 많이 있었다. 우리 집도 그런 비슷한 단층 양옥에 살았다. 주방에서 지하실로 내려가는 계단이 있었는데, 엄마는 그것이 주방을 좁게 하고 쓸모도 없으니 계단을 외부에 내고 싶어 했다. 그런데 뜻밖에도 공사 감독이 지하실에 외부 계단을 만들기에는 담과 지하실 사이의 폭이 좁아서 못 한다고 했다. 하지만 엄마는 계단을 한 번 꺾어서 층계참을 두면 가능하다고 설명했다.

옥신각신하다가, 마침내 엄마가 내게 그림으로 그려 오라고 명령했다. 나는 지상에서 본 계단 한 장, 지하에서 본 계단 한 장 합계 두 장을 그려서 전달했다. 공사는 일사천

리로 진행되었다. 그즈음 엄마는 본격적으로 집수리와 집 장사를 시작했다.

각종 도우미 스케치는 내 몫이 되었는데 그중에서 대체 불가능한 것은 계단 그리기였다. 엄마는 투기꾼과는 거리가 멀었다. 집 한 채 사서 수리 비용 아끼려고 손수 도배하고 칠하고 꼭 필요한 일만 남의 손에 맡겼다. 집을 남의 눈에 들게 하기 위해서는 창도 마루도 반짝반짝해야 했다. 운이 좋아서 이윤이 남고 집이 팔리면 또 다른 집을 사서 예쁘고 편리하게 수리해서 팔았다. 작은 이익에도 고마워하셨고 몸을 아끼지 않고 일을 하셨다.

거의 매년 이사를 다니면서 집은 조금씩 커지고 엄마의 재무구조도 나아졌지만 나는 잦은 이사와 넘치는 과외로 피곤했다. 이사와 과외가 정말 싫었다. 어쩌다 친구가 놀러 오면 왜 이렇게 이사를 자주 하냐고 묻거나, 그것도 같은 동네에서 왜 자꾸 이리저리 옮기는지 묻기도 했다.

엄마의 집 짓기에 대한 자부심은 좋은 자재를 쓴다는 것과 각종 구조의 도면을 잘 보관하여 유사시 언제나 보수 공

양옥집

유행은 일시적으로 많은 사람의 추종을 받지만 자신의
역할을 다하면 자연스럽게 사라지고 다른 유행이 나타
난다.

사가 가능하다는 것이었다. 거실에 유명 작가의 큰 도자기 안에 각종 두루마리 도면이 꽂혀 있었다.

엄마가 어렸을 때 같은 동네에 '끝남이 엄마'가 있었는데, 그녀가 늘 창고 열쇠 몇 개를 묶어서 허리에 차고 다녔다고 한다. 그녀가 걸을 때마다 열쇠가 부딪치는 소리가 들렸고 어린 엄마는 그 열쇠 소리가 부러웠다고 한다. 내 외갓집은 가난해서 창고가 없었고 당연히 열쇠도 없었으리라. 내가 대학을 다닐 때 엄마는 지하 일 층 지상 사 층의 건물을 지어서 요즘 스타일의 원룸 임대를 했다. 우리 집 주방 벽에는 임대한 원룸들의 마스터키가 가로세로 줄을 맞추어서 빼곡히 걸려 있었다. 엄마는 언제부터인가 더 이상 '끝남이 엄마' 이야기를 하지 않았다.

한때는 양옥집을 헐고 다가구 주택을 짓는 것이 유행이었지만, 최근에는 집의 형태를 유지하면서 일부만 고치는 경향이 있다. 지금 봐선 지나치게 장식적이고 조악하지만 당시에는 첨단 멋쟁이 집이었다. 얼마 전 내가 지방에 갔다가 예전 세모 지붕의 프랑스 미니 이층집들이 나란히 줄지

어 있는 동네를 보았다. 왜 프랑스를 붙여야 했는지 모르
겠지만, 그 집들의 이 층 창문이 세모, 육각형, 원형 모양이
었다.

　유행은 일시적으로 많은 사람의 추종을 받지만 자신의
역할을 다하면 자연스럽게 사라지고 다른 유행이 나타난
다. 모든 양식과 사상은 다 유행이 있다. 주택도 예외는 아
니지만 양옥집, 이른바 프랑스 미니 이층집 스타일은 다
시 돌아오지 않을 추억 속의 주택 양식이다. 그래도 세월과
함께했던 서투른 서양식 모양내기의 집들도 이제 보면 정
겹다.

장소가 나에게 무엇을
하라고 말할 때가 좋다,
함

함역

예정에 없는 곳에 내려서 예정에 없던 곳으로 갔는데
안토니오 성당 미사가 시작되었다. 갑자기 며칠 전에
떠나온 카셀이 떠올라서 울컥하며 영접받는 기분이 들
었다. "내가 나그네 되었을 때 네가 나를 영접했듯이."

뮌스터 조각 프로젝트는 십 년에 한 번씩 열리고 카셀 도
쿠멘타는 오 년마다, 베니스 비엔날레는 말 그대로 이 년마
다 열린다. 유럽에서 뮌스터 조각 프로젝트, 카셀 도쿠멘타,
베니스 비엔날레는 십 년마다 함께 오픈하는데 최근에는
2017년이었다. 화단의 지인들과 2017년 그랜드 아트 투어
에 다녀왔다. 과거의 영광을 지닌 베니스, 세계대전의 피해
자이자 가해자인 카셀, 조용한 대학의 도시 뮌스터, 전혀 다
른 세 도시는 각자에게 맞는 방식으로 예술을 대했다. 예술
이 도시에게 개성과 자부심을 주었다.

암스테르담에서 숲속 공원에 펼쳐진 친자연적인 미술관
을 관람하고 독일로 와서 처음 도착한 도시가 함이다. 일행
과 저녁 식사를 하고 밤 아홉 시쯤 혼자서 산책하려고 호텔
을 나왔다. 길 건너편 호프집에선 노란 조명 아래서 젊은이
들의 떠드는 소리가 왁자지껄했다. 호텔에서 가까운 광장
은 아홉 시가 지났지만 여전히 환했다. 광장은 텅 비어 있
고 오가는 행인이 거의 없었다. 거대한 침묵 속 광장 정면
에 함역이 있었다. 회색의 멋스럽고 견고한 건물 앞으로
양쪽에 주황빛 가로등이 두 개 있었다. 좌우의 대칭이 주는

안정적인 아름다움이다.

단체로 여행을 하다 보면 이런 적막함을 접하기가 쉽지 않다. 부지런을 떨어야만 사람이 사라진 도시 고유의 적막함을 볼 수 있다. 고요함을 만끽하며 나 홀로 제법 넓은 역 광장을 이리저리 거닐었다. 나는 늘 타향에 끌리고 기차를 보면 원인 모를 향수병에 시달린다. 기차역은 멜랑콜리하다. 세상에 그리움 없는 사람이 어디 있을까? 대부분 사람들은 유년 시절이나 멀어져간 인연, 헤어진 첫사랑, 떠나온 곳에 대한 그리움을 품고 살아간다.

광장을 지나쳐 주택가 골목길도 조금 걷다가 늦은 밤 호텔로 돌아왔다. 어둠 속에 점점이 가로등이 길을 밝혔다. 이번에는 해외 단체 여행이니 숙소는 당연히 호텔이지만 혼자 다니는 국내 여행에서도 민박은 잘 가지 않는다. 민박은 집을 떠나서 기껏 멀리 왔는데 다시 집을 만나는 친근함 때문에 선호하지 않는다. 호텔 객실이 주는 익명성과 뭔가 없음에 더 끌린다. 호텔 객실에서는 내가 떠나왔다는 것이 분명해진다. 사각사각 소리를 내는 이불을 발끝에서 머리까지 올려서 덮었다. 내일은 새롭게 낯선 곳으로 가겠지만 함에서 며칠 있어도 그만이라고 여겼다.

다음 날 뮌스터에 도착했을 때 부슬부슬 비가 내리고 있었다. 대학 도시답게 우비 입은 학생들의 자전거 행렬이 끝이 없었고 길 양옆으로 녹색 숲이 펼쳐져 있었다. 녹지대에 자리 잡은 야외 조각품 위로 비가 내린다. 1977년 이래 십년마다 열리는 프로젝트는 해를 거듭할수록 인기가 더해졌다. 자전거를 타고 작품을 찾아다니는 행렬이 길어졌고 시민들의 자부심도 커졌다.

내 기억에 강하게 남은 작품은 〈물 위에서〉이다. 도시 개발 문제가 어려울 때 조형물 하나가 간단히 해결할 수 있다. 사람들이 평화롭게 물 위를 걷고 있다. 수심이 얕은 게 아닐까 생각할 수도 있지만 이곳은 수심 육 미터가 넘는 도르트문트 엠스 운하다. 하천 아래 폐기된 컨테이너로 만들어진 다리가 놓여 있다. 멀리서 보면 정말로 사람들이 물 위를 걷는 것처럼 보인다. 다리 위의 물 깊이는 약 10센티쯤 되어 보였다. 이 다리를 만든 사람은 튀르키예의 아티스트 아이세 에르크멘이다. 그녀의 영감의 원천은 특정한 장소의 역사, 지형, 사회적, 물리적 환경에서 왔다.

아이세 에르크멘이 이 작품을 설치한 이유는 사용되지 않는 항구에 관심을 돌리기 위해서였다. 사람들이 거주하는 북쪽에서 남쪽까지는 걸어서 이십 분 거리였으나 그녀가 놓은 다리로 인해 오 분으로 시간이 단축되었다. 오 분 거리가 되자 사람들의 왕래가 많아졌다. 더 이상 배가 다니지 않는 운하와 항구를 신발 벗고 자유롭게 거닐게 되었다. 단절된 마을의 개발 가능성을 보여주고 획기적인 풍경도 선사했다.

그녀는 인터뷰에서 이렇게 말했다.

"장소가 나에게 무엇을 하라고 말할 때가 가장 좋습니다. 공간 자체가 모든 것을 포함하고 다른 것을 추가할 필요가 없으면 더욱 좋습니다. 저는 상황 안에서 놓여 있는 가장 간단한 방법을 찾으려고 노력합니다."

거닐다 보니 서서히 잦아들던 비가 다시 내리기 시작한

다. 함께 걸어가던 김교수께서 어디 들어가서 차라도 마시자고 제안한다. 카페에 들어가서 창가 자리에 자리 잡았다. 비가 내리는 뮌스터의 조용한 카페에서 뜨거운 핫초코를 마셨다.

카셀 도쿠멘타는 동시대 미술의 이슈를 담아내는 풍향계이다. 2017년 주제는 '아테네에서 배우기'였다. 카셀은 독일의 다른 도시와 달리 보였다. 전통 가옥보다는 현대식 건물이 많았고 거리마다 이민자도 많았다. 도쿠멘타는 제2차세계대전의 참혹성을 기억하며 동시대성을 기록하고 반성과 성찰을 하겠다는 의미이다. 도쿠멘타는 '전시회는 모던아트의 기록이다'라는 의미로 붙여졌다. 모던아트를 퇴폐의 소산이라고 금지했던 나치에 대한 반발로 지어진 이름이다. 미래의 현대미술을 제시하는 실험적 예술 행사로 평가받는 권위 있는 행사이다.

앞서가는 많은 작품 중에서 하나의 문장이 기억에 남았다. 광장 중앙 오벨리스크에 다양한 언어로 "내가 나그네 되었을 때 네가 나를 영접했듯이"라는 말이 쓰여 있다. 작가는 이민자를 위한 기념비로 오벨리스크를 세웠다고 한다. 이제 지구촌은 난민과 이민자와 어떻게 살아야 할지 고민해야 한다.

카셀은 장소적 상징성이 크다. 나치가 금서를 불태운 곳이다. 분서갱유를 고발하는 설치미술 작품이 〈책의 신전〉이다. 그리스 파르테논 신전과 같은 크기로 제작하고 십 만 권의 금서로 채워질 예정이다.

빌헬름스회에 산상 공원의 헤라클레스 동상은 잊을 수가 없다. 주차장에서 삼십 분 가량의 자유 시간이 주어졌다. 공원은 경사지 가운데로 녹색 풀밭이 있고 좌우는 산으로 올라가는 계단과 길이 있었다. 가이드에게 물어보니 십 분쯤 올라가면 된다고 한다. 왕복 삼십 분이면 다녀올 수 있다고 판단해서 세 명이 출발했다. 하지만 갈수록 정상은 멀게 느껴졌다. 이십 분이 지나자, 이곳은 최소 왕복 한 시간 거리라는 것을 알았다. 가이드는 직접 걸어본 적이 없고 짐작으로 말한 것이다.

세 명의 여자는 과감하게 용단을 내렸다. 가운데 풀밭으로 미끄럼을 타고 내려가기로 했다. 대충 총길이 이백 미터는 되는 자연 미끄럼틀이다. 야호를 외치며 진흙과 풀밭 위로 미끄러지자 바지는 금방 물기에 젖고 흙투성이가 되었다. 엉덩방아는 찧었지만 다행히 중간에 큰 돌은 없었다. 주차장에 도착한 세 명의 꼬락서니는 웃음거리가 되기에 충분했다.

독일에서 오스트리아 인스부르크를 거쳐서 베니스로 내려왔다. 끝없이 펼쳐지는 산맥 사이에 뻥 뚫린 고속도로를 빠른 속도로 달렸다. 달리는 버스에서 누군가 웅장한 교향곡을 틀었다. 곡명은 기억에 없지만 음악과 달리는 차의 속도는 리듬감을 맞췄고, 좌우 산들은 휘리릭 뒤로 사라졌다. 넓은 도로, 미친 빠르기, 끝없는 산맥, 웅장한 음악은 오래도록 기억에 남아서 가슴을 두근두근하게 한다.

자르디니에서 열린 57회 베니스 비엔날레는 국가관이 존재하는 지구촌 미술 올림픽이다. 이탈리아어로 자르디니는 정원, 마당이라는 뜻이다. 장소를 옮겨서 데미안 허스트의 특별관 팔라초 그라시로 갔다. 푼타 델라 도가나, 아카데미 미술관, 페기 구겐하임, 베니스는 미술로 넘쳐난다. 동시대 예술과 고전 예술이 어우러져 저력을 과시한다. 푼타 델라 도가나는 옛 세관 건물이고 바로 앞이 바다이다. 작열하는 태양과 솔솔 부는 저녁 바람을 맞으며 사람들이 한가로이 앉아 있다. 한나절쯤 찬 맥주를 앞에 두고 빈둥거리기 딱 좋은 장소이다.

일행들이 베니스에서 자유 시간을 보내는 동안 나는 개인적인 일로 밀라노행 유로스타를 탔다. 몇 년 만에 온 밀라노는 여름 관광객으로 몸살을 앓고 있었다. 후다닥 일을 끝내고 베니스행 기차를 탔다. 일을 서둘러 끝내서 예정보다 이른 시간에 베니스에 도착할 수 있게 되었다. 기차 안내 방송이 다음 역은 파도바라고 한다. 역사와 대학의 도시 파도바를 그냥 지나칠 수 없어서 주섬주섬 가방을 챙기고 기차에서 내렸다. 역에서 관광 지도를 살펴본 후에 걷기 시작했다.

이탈리아의 오래된 도시들은 개성이 뚜렷해서 산책하는 재미가 특별하다. 파도바는 길가의 회랑이 길었다. 성 안토니오 광장에 도착하니 마침 저녁 미사를 알리는 종소리가 들렸다. 나그네에게 이런 횡재가 있다니? 예정에 없는 곳에 내려서 예정에 없던 곳으로 갔는데 안토니오 성당 미사가 시작되었다. 갑자기 며칠 전에 떠나온 카셀이 떠올라서 울컥하며 영접받는 기분이 들었다. "내가 나그네 되었을 때 네가 나를 영접했듯이."

미사를 보고 파도바역으로 돌아오는 길은 마음이 무거웠다. 그냥 쭉 있고 싶었다. 역 주변은 학생들이 모여 있어서 웅성웅성 시끌시끌했다. 떠나고 싶지 않아서 기념품 가게에서 기념품을 사고 사탕 가게에서 사탕을 사면서 시간을 끌었다. 이제 파도바역은 완전히 어두워졌다. 나는 대부분 많은 곳에서 돌아오지 않고 그곳에 머물고 싶은 충동을 느낀다. 베니스의 호텔로 돌아오니 밤이 깊었다.

바랜 듯한 올리브그린,
에노시마

기차가 출발할 때는 언제나 설레고 작은 흥분이 밀려온다. 하지만 차창 밖으로 멀어져가는 풍경을 보고 있노라면 원인 모를 슬픔이 쪼끔 느껴지기도 한다.

도쿄에서 에노시마행 기차를 타고 요코하마를 지나고 설국의 가와바타 야스나리가 사망한 가마쿠라 시를 지나면 에노시마에 도착한다. 어느 순간부터 기차는 고가도로처럼 선로가 지상으로부터 떨어져서 위에서 달린다. 에노시마역에서 계단으로 내려오면 마을이 나타난다.

우리가 도착했을 때 기차역 주변에는 교복을 입은 학생들이 등교로 분주해 보였다. 역 주변 야외 샌드위치 가게에서 나랑 현아는 삼각 샌드위치와 우유가 들어간 커피를 마셨다. 교복 입은 학생들과 유리병에 담긴 우유는 따뜻한 추억을 불러일으켰다. 마을에서 다리를 건너 섬으로 올라가는 길가 좌우에 아기자기한 기념품 가게가 늘어서 있었다. 선물용으로 고양이가 그려진 빨간 동전 지갑과 슬리퍼를 샀다.

제법 가파른 계단을 올라가서 절집 구경을 하고 산꼭대기쯤 올라가니 사방이 분홍으로 뒤덮여 있다. 분홍색 벚꽃이 바닥에 떨어져서 두툼한 카펫을 깔았는데, 나뭇가지에도 여전히 분홍으로 빽빽하여 빈틈이 없다. 이만큼 많은 꽃잎이 떨어졌는데 가지에 아직도 빈틈이 없다니. 휘영청 늘어지거나 곧게 뻗은 가지마다 벚꽃으로 하늘을 가리고 있으니 고개를 들어봐도 온통 분홍색만 보였다. 일 년 중에 벚꽃이 이렇게 만개하는 날은 며칠 없는데 내가 운이 좋았다고 한다. 한 폭의 초현실주의 그림이다. 나는 습관적으로 가본 적이 없는 이국을 꿈꾸는데, 눈앞에 낯설고 비현실적인 풍경이 펼쳐져 있었다.

산에서 내려오는 길은 올라온 방향과 반대 방향으로 가

기로 했다. 현아가 오래전에 간 적 있는 낭떠러지 위의 모던한 재즈 식당으로 가자고 제안했다. 재즈 피아노를 전공한 현아가 추천하는 식당이니 두말할 나위도 없겠지만, 낭떠러지 위의 식당이라니 장소가 주는 매력도 크게 느껴졌다.

그 식당은 어렵지 않게 찾았다. 다다미가 깔린 전형적인 일본식이었는데 너른 창 너머로 흐린 회색의 바다가 내가 원하는 만큼 쓸쓸하게 펼쳐졌다. 친절한 주인이 다가오자 현아가 주인에게 원하는 곡을 부탁했다. 잠시 후에 곡이 바뀌었고 훌륭한 식사와 사케가 나왔다. 이런 순간은 말을 하기에도 아까워서 약간의 침묵이 필요하다. 순간이 오래도록 지속되기를 바랄 때 거짓말처럼 갑자기 비가 지붕을 내리친다. 선물 같은 비가 마구 떨어지자 우리는 비가 진짜 선물이라고 참을 수 없을 만큼 깔깔깔 웃었다. 타이밍이 예술이다.

빗줄기가 가늘어지자 우리는 식당을 나왔는데 바로 앞에 우산 판매대가 있었다. 건너편 집 대문 앞에, 반투명 플라스틱통에 중고 우산 여러 개가 꽂혀 있고 백 엔이라 쓰인 저금통이 옆에 있었다. 우산 무인 판매대였다. 검정 바탕에 흰 땡땡이가 있는 것을 골라서 며칠 동안 잘 사용하고 서울 올 때까지 챙겼는데 공항에서 분실했다. 가격과 무관하게 에노시마의 추억이 조금 망가져서 아쉬웠다. 가파르게 내려오는 길은 부산 영도 같았다. 집과 계단 사이사이로 파도치는 바다가 보이고 계단과 길은 길고 가늘게 이어졌다. 파도 소리 외에는 너무 조용해서 마치 아무도 살지 않는 곳 같았다. 오래전 번창했다가 이제는 쇠락한 마을, 색조차 바랜 듯한 영화 세트장이 연상되었다. 풍경의 채도가 확 떨어졌다.

현아가 이곳은 꼭 봐야 한다며 나를 어느 곳으로 이끌었다. 계단을 다 내려와서 마주한 바다는 철썩철썩 소리를 내면서 내 키보다 높은 파도를 일으키고 있었다. 가장 원시적인 형태의 바다. 겹겹이 파도가 부서져서 날아가는 물방울의 형태가 눈에 들어왔다. 호쿠사이의 판화 속 파도를 직접 보는 것 같았다. 19세기 유럽의 화가들이 저런 풍경의 판화를 보았을 때 얼마큼 놀랐을지 짐작할 수 있다. 바다는 회색이거나 흐린 올리브그린이었다.

바다를 좋아하는 사람은 세상의 모든 바다색이 다르다는 것을 안다. 밀라노에서 미술대학을 다닐 때 친구들과 단체로 베니스에 간 적이 있다. 거기서 홀렁한 집시풍의 스커트를 샀었는데 누군가가 베니스의 물색이라고 했다. 바랜듯한 올리브그린이었는데 그 말을 듣고 보니 진짜 베니스 물색 같았다. 친구의 모습은 잊었지만 베니스의 물색이라는 말은 오래도록 기억에 남아 있었는데 에노시마 바다를 보니 그 바다가 생각났다.

오랜만에 들어보는 학교 종소리이다. 땡땡땡. 현아가 말하기를 섬을 떠나라고 알려주는 종소리라고 했다. 자연의 위대함과 숭고함을 마주하면 누구라도 죽음을 떠올리고 삶에 대한 반성문을 쓸 것이다. 넋을 잃고 바다를 쳐다보고 있는데 어디선가 종소리가 울려 퍼졌다.

종소리에 개의치 않고 천천히 바다와 가로등과 다리와 비가 만든 풍경에 빠져들었다. 바닷가 다리와 계단을 불과

백 미터쯤 걸었을 뿐인데 우산은 있으나마나 하고 파도와 비에 흠뻑 젖었다. 파도와 비가 얼굴 위로 떨어져서 눈을 똑바로 뜨기도 쉽지 않았다. 풍경과 하나 되는 순간이었다. 에노시마에서 일주일쯤 혼자서 빈둥거리고 싶다는 작은 소망을 가져본다. 서둘러 섬을 벗어났다. 돌아오는 길은 신주쿠까지 가는 직행 버스가 있었지만, 기차의 낭만을 포기하지 않겠다고 고집을 부려서 기차로 도쿄에 돌아왔다. 나를 위해서 하루를 충분히 허락해준 현아에게 감사를 보내며 도쿄역에서 헤어졌다.

자연의 위대함과 숭고함을 마주하면 누구라도 죽음을 떠올리고 삶에 대한 반성문을 쓸 것이다.

호숫가 그 자리,
취리히

취리히역에 도착했다. 멀리 눈 덮인 알프스가 보이고 공기는 신선하고 차가웠다. 길가 옆으로 아담하고 예쁜 상점들이 줄지어 있었다. 사탕 가게에는 마치 동화책에서 툭 튀어나온 듯 형형색색의 고깔 모양, 빗자루 모양, 호박 모양, 별 모양, 지팡이 모양 같은 다양한 사탕으로 꽉 차 있었다. 사탕을 만든 사람의 풍부한 상상력에 잠시 감탄한다. 사탕을 좋아하지 않아도 예뻐서 살 수밖에 없다. 이것저것 골라서 종이봉투에 담았다. 누런 종이봉투는 기름을 먹인 듯 빳빳했다. 바람과 구름으로 변화무쌍한 스위스 날씨 가운데 드물게 평온한 하늘이다.

바람은 시원하고 볕은 따스한, 평일 한낮의 산책이다. 거

에메랄드 호수

리의 사람들도 한가로워 보이고 아이들만 뛰어다닌다. 가을이 시작되었고 꼬마들의 카디건 색상은 다채롭다. 광장을 지나서 걷다 보면 호숫가에서 백조를 만나게 된다. 백조가 떼를 지어 헤엄쳐서 물을 가르면 수면 위로 길게 선이 나타난다. 시원스럽게 쭉쭉 뻗은 선은 이리저리 모였다 흩어지며 다시 모이기를 반복한다. 가까이에서 본 백조는 생각보다 크고 움직임이 빨랐다.

나는 호숫가 선착장에 앉아서 호수를 바라보고 싶어졌다. 선착장 가까이 가서 보니 실망스럽게도 두 남자가 먼저 와 앉아 있었다. 그들 옆으로 캔 맥주가 나란히 놓여 있다. 멀리서 봐도 마주한 둘의 눈빛은 절절하다. 동료인지 연인인지 알 수 없지만 둘 사이는 특별해 보였다. 나도 저런 눈빛을 받아본 적 있을까? 혹은 누군가를 저런 눈빛으로 바라본 적이 있을까? 당연히 있다. 친구이거나 연인이거나 무한한 애정에서 비롯되는 신뢰와 편안함.

영화 〈도니 브레스코〉는 1970년대 뉴욕이 배경이다. 마피아 중간 간부 알 파치노와 수사요원으로 마피아를 소탕

하기 위해 위장 취업한 조니 뎁. 조니 뎁은 알 파치노의 부하 노릇을 한다. 그런데 운명의 장난이라고 할까? 이들 사이에 우정이 싹트고 알 파치노는 조니 뎁의 신분을 짐작하지만 모른 척한다. 알 파치노가 아내에게 마지막으로 말을 남기는데, 혹시 조니 뎁이 찾아오면 "누구라도 그렇게 하겠지만 너라서 다행이었다"라고 꼭 전해달라고 한다. 그는 자신을 경찰에 신고한 이가 조니 뎁이라는 것을 알고 있었다. 〈도니 브레스코〉는 실화를 바탕으로 만들어진 영화이다. 우정은 무심하고 깊다. 선착장에 앉은 그들을 보니 어쩐지 〈도니 브레스코〉의 알 파치노와 조니 뎁이 떠올랐다. 하여튼 그곳 명당자리를 그들에게 빼앗겨서 안타깝고 속상했다.

다른 이야기, 알 파치노 80세 생일 인터뷰.

기자: 인생에서 가장 즐거웠던 때가 언제인가?

알: NYU 대학 근처에서 일주일에 16회 공연을 하고 모자를 돌려서 생계를 유지할 때.

기자: 청년에게 하고 싶은 말은?

알: keep going. 계속해라 견뎌라.

기자: 지금 하고 싶은 일은?

알: 말년의 피카소를 연기하고 싶다. 혹시 피카소 대본 쓰시는 분 꼭 연락해주세요.

언제나 현역인 알 파치노, 멋지다.

선착장 자리를 놓쳤으니 벤치에 앉아서 지는 해를 바라보기로 했다. 해가 기울자 호수의 수면이 빛을 받아 눈부시게 반짝거렸다. 바람이 부는 방향으로 물결이 응하여 일렁거린다. 빨강, 노랑, 검정, 파랑으로 믿기 어려울 만큼 장엄한 색의 향연이 펼쳐진 후, 모든 빛은 서서히 어둠 속으로 사라진다. 내 자리를 먼저 차지했던 두 남자는 지금 어디서 뭘 하고 있을까?

멀리서 봐도 마주한 둘의 눈빛은 절절하다. 동료인지 연인인지 알 수 없지만 둘 사이는 특별해 보였다. 나도 저런 눈빛을 받아본 적 있을까? 혹은 누군가를 저런 눈빛으로 바라본 적이 있을까?

전쟁을 감당해준 백성, 순천 왜성

청명한 9월, 코로나로 전국이 뒤숭숭했지만 예정된 일정이라서 마스크로 철통 방어를 하고 순천 왜성을 다녀왔다. 풀밭과 언덕을 걷다 보면 지형을 최대한으로 활용했다는 것을 알 수 있었다. 지형 자체가 최고의 방어가 가능한 곳이고 성의 위용은 제법 웅장하다. 외부에서 공격하기가 불가능할 정도로 견고한 철옹성이다. 순천 왜성에는 흰 바탕에 붉은 십자가 모양을 그린 깃발이 펄럭거렸다고 한다. 왜군 선봉장 고니시 유키나가는 천주교 신자였다.

순천 관광 공식 블로그를 인용하면, "고니시 유키나가는 대마도주인 사위 소 요시모토와 함께 조선을 침공했다. 순천 왜성은 정유재란 1597년 왜군 선봉장이 전라도 공략을

위한 전진 기지 최후의 방어 목적으로 삼 개월간 쌓은 토석 성이다. 고니시가 이끄는 1만 4천 명의 왜병이 주둔하여 조명 수륙연합군과 두 차례에 걸친 최대의 격전을 벌인 곳이다."

본성 둘레의 육지를 파고 바닷물을 끌어들여서 섬처럼 해자를 만들고 다리를 만들어서 출입했다. 지금은 더 이상 바닷물이 유입되지 않아서 해자의 흔적은 찾을 수 없고 주변 지역은 공업 단지와 농경지로 개발되었다. 순천 왜성은 걷기에 좋은 장소이다. 넓고 언덕이 있고 운동과 사색을 겸하기에 가파른 언덕을 올라서 등에 땀이 날 때쯤 등 뒤에서 불어오는 바람이 땀을 식혀준다.

성까지 걸어 올라가면서 든 생각은 일본은 전쟁 준비가 완벽했고 무사를 중심으로 정국이 이루어졌다. 조선은 문신 위주였으니 전쟁 수행 능력에서 비교 자체가 안 된다. 이순신이 바다를 막지 못했다면, 유성룡이 이순신을 천거하지 않았다면, 선조가 도망가지 않고 가토나 고니시에게 붙잡혔다면, 전국적으로 의병이 일어나지 않았다면, 다만

이 모든 것이 기적이었다. 특히 조선에는 처절한 패퇴 속에서도 전쟁을 감당해준 백성이 있었다. 이 백성이 있었기에 기적이 가능했다. 사백여 년 전 이 땅에 살다가 떠났을 그들에게 무한한 박수를 보내고 싶다. 역사 속에서 선조는 무능과 질투의 상징이지만 대궐을 버리고 북쪽으로 도망을 간 것은 신의 한수이다.

결국 이순신이 노량에서 마지막 전투를 하고 있는 틈을 타서 고니시는 성을 버리고 본국으로 도망친다. 임진왜란의 두 선봉장 가토와 고니시는 사사건건 싸울 만큼 의견 충돌이 심했다. 전쟁 후 가토는 본국으로 돌아가서 봉토를 받았고 고니시는 본국에서 천주교 신자라는 이유로 모든 것을 빼앗긴다. 자결을 명령받았지만 신자라서 할복을 거부하자 오사카 거리에서 조리돌림을 당하고 오사카 바다에 던져졌다. 고니시의 딸도 천주교 신자라서 남편인 대마도주 소 요시모토에게 버림을 받는다. 일본은 임진왜란 전에는 천주교에 대해서 너그러웠지만 전쟁 후에는 신자들을 단호하게 처단했다. 천주교와 무관한 가토도 이 대를 지나서는 봉토를 다 빼앗긴다.

천수대에 올라가서 순천 시가지를 바라보자 삶의 무상함이 엄습한다. 사백여 년 전의 이 땅을 상상해보았다. 며칠 후면 추석이라 바람이 제법 선선하다.

조선에는 처절한 패퇴 속에서도 전쟁을 감당해준 백성이 있었다. 이 백성이 있었기에 기적이 가능했다. 사백여 년 전 이 땅에 살다가 떠났을 그들에게 무한한 박수를 보내고 싶다.

알빈 슈미트 신부,
제천 의림동 성당

낙엽이 쌓이는 늦가을, 이른 아침부터 비가 살짝 내리다가 곧 그치고 기온이 뚝 떨어졌다. 성 베네딕토 수도회 알빈 슈미트 신부는 1958년 김천시 평화 성당의 설계를 시작으로 이십 년 동안 185개의 건축물을 설계했다. 그는 한국 성당 건축의 중흥을 이끌었다. 기온이 떨어진 가을 날, 일행은 알빈 신부의 성당 건축 답사를 시작했다. 버스에 오르면서 알빈 신부가 설계한 성당 사진들이 모여 있는 유인물을 받았다. 건물들은 심플하고 모던했다. 버스가 양재동을 출발해서 만남의 광장을 지나고 경부고속도로에 진입하자 나는 이른 아침부터 서둘러서 그런지 잠이 쏟아졌다.

신부가 설계한 성당 네 곳을 하루 동안에 방문할 예정인데 가장 먼저 간 곳이 제천 의림동 성당이다. 의림동 성당은 알빈 신부가 1965년에 설계했다. 유럽의 모더니즘 건축 양식을 한국 성당에 도입하면서 화려함을 배제하고 그 지역과의 조화로움을 중시했다. 창문의 대범한 사선과 반복적인 수직선의 만남은 세련되고 엄숙해 보였다. 신부의 성당들은 토목 공사를 최소화하고 주변 대지와 조화를 이루는 공통점이 있다. 조선의 전통 건축처럼 그도 터무니를 중요시했다. 그의 철학은 건축가 김정신 교수의 다음의 말로 짐작해볼 수 있다.

"교회에서는 거룩함과 세속적인 것, 영원함과 무상함이 함께 만나기 때문에 다양한 요구에 대응할 수 있어야 한다. 내부 공간은 제대와 신자들의 자리를 최대한 가깝게 해서 누구나 미사를 능동적이고 편안하게 참석하게 해야 한다."

그의 설계는 한국적 현실에 맞는 실용적인 것으로 호평을 받았다. 모든 설계와 기획에서 그가 한국을 얼마나 사랑했는지 짐작할 수 있다. 철근 콘크리트식 구조로 고딕이나 로마네스크 양식과 구분되며 벽면 구조의 비례 변화만으로 아름다움을 이끌어낸다. 흑백 사진 두 장을 보았다. 한

장은 신부가 한복을 입고 갓을 쓰고 담뱃대를 들고 엉거주춤하게 앉아 있다. 책상다리가 불편한지 앉아 있는 자세는 어설프지만 개구쟁이 눈빛과 미소로 장기판을 내려다보고 있다. 다른 사진은 제도판을 세워두고 진지한 눈빛으로 도면을 보는 사진이다. 이십 년간 185개 건물을 지은 그의 작업량을 생각하면 하루 종일 도면만 그려도 부족했을 것이다. 한 사람의 선한 역량은 크고 오래도록 영향을 미친다.

얼마 전 건축가 몇 명과 담소를 나누다가 알빈 신부님 이야기가 나왔다. 한 건축가가 건축적으로 봐서 엉터리라고 한다. 듣고 있던 내가 한마디 거들었다. 교회 건축은 조형적인 아름다움보다 어떻게 사용되는지가 중요하고 당시 열악한 환경을 감안하며 최상의 결과라고. 함께 앉은 모두가 동의했다.

사제로 서품된 지 일 년 후 1938년 만주 북간도 연길 교구 용정 본당에서 일반 사목을 하게 된다. 한국어가 서툴러 사목에는 큰 성과를 내지 못했지만 예술적 재능을 발휘하여 세 곳의 성당 건물을 설계한다. 해방 후 공산당에 체포

의림동 성당

되어 감옥살이를 하고 석방 후 1949년에 추방된다. 독일로 추방된 알빈은 수도원 중학교 미술 교사로 재직하며 미술과 제도를 가르치고 벽화 제작에 참여했다. 그는 장차 아프리카 선교를 희망했지만 무슨 끊을 수 없는 인연인지 다시 한국으로 오게 된다.

그는 기능과 거룩함의 조화로 한국 교회 건축에 근대주의를 도입한 선구자였다. 우리의 근대 문화에 기독교의 영향이 많다. 알빈 신부는 한국 성당의 근대화와 토착화에 기여했으며 우리식 성당 건축의 모범적인 사례를 만들었다.

이십 년간 185개 건물을 지은 그의 작업량을 생각하면 하루 종일 도면만 그려도 부족했을 것이다. 한 사람의 선한 역량은 크고 오래도록 영향을 미친다.

이별의
피우미치노 공항

산 클레미오 광장

공항의 이별, 피우미치노 공항은 일명 레오나르도 다빈치 공항이라고 하는 로마의 공항이다. 남편은 아이들과 내가 로마에서 유학을 시작할 때 함께 왔었고 일주일이 지나서 서울로 돌아갈 시간이 되었다. 이른 아침 서둘러서 남편의 짐을 싸고 아이들의 식사를 챙겨주고 나와 남편은 공항으로 향했다. 대부분의 이별 장면에서는 항상 비가 온다. 아침부터 내린 장대비가 공항의 유리창을 사정없이 내리쳐서 비행기가 뜰 수 있을지 걱정이 되기 시작했다.

체크인을 하고 좌석을 지정받고 트렁크를 부치고 보안 구역으로 들어가던 남편이 돌아 나왔다. 혹시 뭔가를 집에 두고 왔나? 뭘까? 순간 마음이 불안했는데 남편은 뒤적뒤적 바지 주머니를 뒤적이며 이쪽으로 걸어오고 있다. 내 앞에 멈추더니 주머니에서 4분의 1로 반듯하게 접힌 만 원짜리 세 장과 와이셔츠 단추 두 개를 손바닥에 올려놓았다. 단추는 다시 주머니에 넣고 삼만 원을 내게 주면서 가져가라고 한다.

자신은 한국으로 돌아가니까 삼만 원이 필요 없다고 한다. 당시는 유로 이전이어서 이탈리아는 화폐 단위가 리라였다. 나는 생활비 전부를 리라로 바꾸어 왔고 신용카드도 여러 장 있는데 뜬금없이 내가 삼만 원이 왜 필요할까? 한국으로 가는 사람에게 삼만 원이 필요하지 여기서 내가 웬 삼만 원? 남편은 자기는 비행기를 타면 식사는 무료이고 경유지 드골 공항에서도 돈 쓸 일이 없고 김포 공항에 도착하면 주차장에 차가 있다고 한다. 신용카드도 있고 아무 걱정이 없으니 삼만 원은 내가 가져가야 된다고 우긴다. 이별의 애틋함도 잠깐이고 삼만 원이 더없이 궁상스러워서 나는 화가 치밀어 올랐다. 특히 주머니에서 나온 와이셔츠 단추까지 짜증을 더했다. 비가 내리는 피우미치노 공항을 배경으로 삼만 원을 누가 갖는지 옥신각신 싸웠는데 최종적으로 누가 챙겼는지 기억에 없다. 만 원짜리 한 장이라도 더 주고 싶었던 절절한 마음, 무엇이라도 다 주고 싶었던 마음은 다툼으로 마무리되었다.

삼 개월 후 남편이 다시 로마로 왔다. 6월의 로마는 완연한 초여름이다. 나와 아이들은 서울을 떠날 때 운동화를 신었고 로마에선 슬리퍼를 하나씩 샀다. 동네에선 슬리퍼를 신었고 외출할 때는 운동화를 신었다. 6월의 운동화는 딥고 갑갑했지만 샌들을 사야 한다는 생각을 미처 못 할 만큼 나는 긴장하고 있었나 보다. 남편은 외출용 신발이 운동화 한 켤레뿐인 우리 모습을 보고 속이 상했는지 당장 신발을 사러 가자고 했다. 내가 사도 되었는데 난 삼 개월이 지나도록 신발 한 켤레 살 정신적 여유가 없었다.

로마 외곽의 아울렛으로 갔다. 이런저런 잡동사니 살림살이와 한 명당 두 켤레씩 신발 여덟 켤레를 사서 돌아온 기억이 있다. 그 후에 밀라노로 이사 와서는 남부럽지 않게 부지런히 이탈리아 디자인을 예찬하면서 가방과 신발을 사들였다. 남아 있는 당시의 메일을 보면 신뢰와 애정이 홍수처럼 넘쳐서 부끄러워 읽기 어려운 수준이다. 각자의 일을 너무 열심히 해서일까? 우리가 유학을 마치고 한국으로 돌아온 이후에도 남편은 가족과 함께할 시간이 없었고 최선을 다해서 자신의 일에 집중했다. 일에 빠져서 산 만큼 가족과 멀어졌다.

대부분의 이별 장면에서는 항상 비가 온다. 아침부터 내린 장대비가 공항의 유리창을 사정없이 내리쳐서 비행기가 뜰 수 있을지 걱정이 되기 시작했다.

봉하 마을의 가을,
『카라마조프 가의 형제들』

여름방학을 맞아서 아이들과 서울에 있었는데 대수롭지 않
는 일로 부부 싸움을 하고 저녁 무렵에 집을 나섰다. 우연한
기회에 강남역에서 출발하는 노무현 49재 노사모 버스에
오르게 되었다. 주최 측에서 준비한 주먹밥과 생수로 요기
를 하고 차창 밖을 뚫어져라 쳐다보았다. 세상이 온통 까맸
다. 자정에 출발한 버스는 밤새도록 달려서 다음 날 새벽 다
섯 시 반쯤 봉하 마을에 도착했다. 주차장은 장사진을 이루
어서 진입 자체가 불가능했다. 길은 차와 사람으로 빈틈이
없었고 사람들은 땡볕에 종이 모자를 쓰고 논길을 걷고 있
었다. 처음 와본 봉하 마을은 농촌의 전형적인 모습이었다.
나도 모자를 챙겨 쓰고 사람들을 따라서 논길을 걸었다.

걷고 기다리고를 반복하다가 얼마쯤의 시간이 지났을까? 흐르는 땀을 손수건으로 연신 닦았지만 눈이 따가워질 때, 내 차례가 되었다. 짧은 묵념 후에 영전에 흰 국화꽃 한 송이를 바쳤다. 새벽에 도착해서 한낮에 봉하 마을을 떠날 때쯤에도 사람들은 계속 그곳으로 밀려들고 있었다. 나는 노사모도 아니고 아는 지인도 없어서 강남역에서 타고 온 버스를 타지 않고 택시를 타고 진영역으로 갔다.

택시 기사가 내게 언제든지 필요하면 대절 택시를 부르라고 명함을 주었는데 앞면에는 기사의 연락처가 있고 뒷면은 베트남 결혼 전문이라고 쓰여 있었다. 이 기사는 투잡을 하나 보다. 택시 기사와 베트남 결혼 중매. 나는 진영에서 기차를 타고 부산으로 갔다. 습관처럼 해운대로 갔고 해변까지 걷기가 귀찮고 피곤해서 시장 근처의 여관에 투숙했다. 아무런 생각 없이 여관으로 들어왔으나 방을 찬찬히 살펴보니 심히 난감했다. 우선 창문이 없었고 문의 잠김 상태도 불안했으며 침구나 욕실도 불결해 보였다. 창문이 있다고 밖으로 뛰어내릴 일은 없겠지만 창이 없는 방은 환기가 안 되고 갇혀 있는 기분을 들게 한다. 불편한 잠을 잠시

청했다가 이른 아침 밖으로 나왔다.

　시장 모퉁이에 술 취한 청년이 전봇대를 붙들고 음식을 토하고 두 남자가 청년을 지켜보고 있다. 그 앞을 연두색 형광 조끼를 입은 미화원과 청소차가 바쁘게 지나간다. 밤이 가고 아침이 오는 것이 아쉬운 청춘들은 삼삼오오 모여서 술 냄새를 풍기며 벽에 기대어 서 있다. 해변은 아직 어두운데 부지런한 사람들이 개를 앞세우고 조깅을 한다. 누군가에게는 아직 어제의 밤이고 누군가에게는 오늘의 아침인 시각이다.

　나는 모래사장 앞 계단에 기대어 앉아서 혹시 여관에 두고 나온 짐이 없나 가방 안을 살펴보았다. 바다는 검고 푸르고 어둠 속에서 파도 소리만 크게 들려왔다. 잠시 후 수평선 너머로 해가 뜨고 모래사장은 금빛으로 환해졌다. 계단을 내려와서 모래사장에 큰대자로 누워서 뒹굴뒹굴거렸다. 누웠다가 앉았다가를 되풀이하다가 도스토옙스키의 『카라마조프 가의 형제들』 1권을 가방에서 꺼냈다. 몇 번이나 읽기를 시도했지만 주인공의 긴 이름과 이야기의 맥

락도 쉽게 따라가기가 힘들어서 항상 읽기를 초장에 포기한 책이다. 그런데 이번에 웬일인지 그 책을 챙겨왔다. 해변에 엎어져서 책을 읽기 시작했다. 철썩이는 파도 소리와 지나가는 사람도 거의 없는 해변의 밝은 햇살 아래서『카라마조프 가의 형제들』을 무서운 속도로 읽어 내려갔다.

화장실 한 번 다녀오지 않았고, 거짓말처럼 흰 종이 위에 까만 글씨가 누워 있지 않고 서서 나를 기다리는 착시 현상이 일어났다. 내가 책장을 넘기면 기다리고 있던 글씨가 서서 나를 맞아들이고, 다음 페이지로 시선을 돌리면 지나간 페이지의 글씨는 누웠다. 글씨가 누웠다 섰다를 반복하는 것 같았다. 이런 놀라운 경험은 그 전에도 그 후에도 없었다.『카라마조프 가의 형제들』은 한 문장으로 요약하면 존재와 사랑이다. 주인공의 이름과 줄거리는 가물가물하지만 주제는 선명하게 남아 있다. 존재하는 모든 것은 사랑해야 한다. 사랑이 곧 구원이다.

태양이 머리 위를 강타해서 내 그림자도 보이지 않을 때 마지막 페이지를 덮었다. 내가 혼자 왔기에 가능했던 시간이다. 비록 1박 2일의 여행일지라도 혼자 하는 여행이 최고다. 내가 떠나왔다는 느낌이 확실하니까. 여러 명이 함께 갈 때라도 나는 악착같이 혼자만의 시간을 만들려고 한다. 혼자, 혼자, 혼자였기에 가능한 감미로운 고독과 충만감이 있다. 숙연한 감동 후 야호 소리가 저절로 나오는. 의기양양하게 가방을 챙겨서 모래를 털고 자리에서 일어났다. 1권을 미친 속도로 읽고 나니 2, 3권도 너무 궁금했다. 서둘러 서울로 돌아와서 짧은 여행을 마무리하고 2, 3권에 흥미롭게 빠져들었다.

시간이 흐른 후 몇 년 뒤 가을에 건축 모임 동숭학당에서 대통령의 집을 답사한 적이 있다. 몇 해 전 49재 여름은 아픔이었지만 그해 가을의 봉하 마을은 넉넉하게 보였다. 묘지 주변의 1만 5천 개 박석에는 애정과 여망과 추모의 글이 새겨져 있었다. 묘역을 설계한 건축가 승효상 이로재 대표와 여러 선생님들과 함께 참배하며 떠난 이를 기려보았다.

가을 바다

존재하는 모든 것은 사랑해야 한다. 사랑이 곧 구원
이다.

오바마 대통령 취임식,
워싱턴 DC

미국 오바마 대통령은 2009년 1월 대통령 취임식을 했다. 미국 대통령 취임식이 있기 이 년 전쯤에 태준이에게 모 단체에서 두툼한 서류 봉투를 보내왔다. 이게 뭘까? 태준이를 어떻게 알았을까? 누가 이런 단체에 추천을 했을까? 의문이었지만 끝내 알아내지는 못했다. 다만 밀라노 국제 고교 ISM 선생님 중 한 분이 했으리라 짐작할 뿐이다. 내용은 누군가가 태준이를 이 단체에 추천해서 단체에서 하는 행사와 다음 미국 대통령 취임식에 초대한다는 것이었다. 취임식에는 각국 귀빈들 외에 각국 학생들도 초대하는데 그 학생들 중에 한 명으로 선정되었다고 했다. 2008년 가을에 미국 대학으로 진학했다. 2009년 1월 오바마 대통령 취임식에 초대받아서 각국의 여러 학생들과 함께했다.

우리는 가끔 알 수 없는 곳에서 온 선의로 다른 길을 걸어가게 된다. 누군가에게 베푼 작은 행동이 누군가에게 큰 역할을 할 수도 있다. 인과의 관계다. 스승과 제자가 그렇고 우정이 그렇다. 카뮈와 장 그르니에가 아니어도 스승과 제자의 인연은 특별하다. 가난한 카뮈는 외할머니 댁에서 살았다. 외할머니의 반대로 초등학교 졸업 후 중학교 진학이 어려웠는데, 엄마와 선생님의 도움으로 진학하게 된다. 카뮈는 그날 이야기를 평생에 걸쳐서 여러 번 이야기했고 초등학교 선생님에 대한 고마움을 노벨문학상 수상 소감으로 헌정했다.

오바마 취임식 날은 무척 추웠다. 전날 밤부터 대기를 하고 있었는데 너무 추워서 호텔 담요를 뒤집어쓰고 행사 시간까지 기다렸다고 한다. 추위에 아랑곳하지 않는 열기가 남아 있는 사진을 통해서 알 수 있다.

라벤나는 5세기 서로마제국의 마지막 수도였고 기독교 예술과 문화의 중심지였으며 8세기에는 비잔틴 제국의 중심 도시였다. 산비탈레 성당의 아름다운 모자이크 성화로도 유명하다. 고색창연한 역사가 살아 있는 도시 라벤나에서 전국 수학경시대회 본선이 있었다. 이탈리아 전국 수학경시대회에 5천여 명의 학생이 참가하는데 그중에서 30명이 본선에 진출하게 되었다. 라벤나 미라빌란디아 놀이동산에서 수학경시대회 본선이 있었다. 함께 출전한 타바차니는 16등, 태준이는 11등을 했다. 밀라노 중앙역으로 타바차니 엄마가 아이들을 데리러 갔다.

타바차니가 별 생각 없이 등수를 이야기했고 그애 엄마는 불만족스러운 등수에 몹시 서운해했다고 한다. 두 아이는 당황해서 차에서 내릴 때까지 서로 아무 말도 하지 않았다고 한다. 세상의 엄마는 다 비슷비슷, 아이들에 대한 애정과 자부심으로 차 있어서 작은 일에도 섭섭함을 숨길 수 없다.

우리는 가끔 알 수 없는 곳에서 온 선의로 다른 길을 걸어가게 된다. 누군가에게 베푼 작은 행동이 누군가에게 큰 역할을 할 수도 있다.

화이트하우스

한 정거장 전에 내려서 걷는다

샤갈 미술관을 가다,
니스

밀라노 중앙역을 출발한 기차는 제노바에서 해안선을 따라서 북쪽으로 올라가다가 서쪽으로 간다. 기차는 '떠나가다'보다 '출발하다'가 더 어울린다. 출발과 동시에 슬금슬금 타향병이 밀려온다. 타향병이란 아직 가지 않은 타지에 관한 그리움으로, 향수병과 비교된다. 프랑스 국경이 닿기 바로 전에 벤티미글리아 꽃의 마을이 나타난다. 기차를 타고 가면서 왼쪽으로 끝없이 펼쳐지는 코발트색 지중해를 바라본다. 이탈리아가 끝나고 프랑스가 시작되고 모나코를 지나가고 다시 프랑스다. 모나코에선 정박 중인 요트가 꽉 차서 돛대를 펄럭거린 때문에 바다가 한 뼘도 보이지 않았다. 예약해둔 니스 호텔에 짐을 풀고 밖으로 나왔다. 바캉스도 끝나가는 8월의 마지막 주, 말로 표현하기 어려울 만큼 화창한 날씨였다.

프로방스 특유의 화사한 색상의 천막들이 길을 덮고 진한 그림자를 드리웠다. 길 양쪽으로 나란히 카페들이 마주한 활기찬 오후, 골목길을 지나서 바로크 스타일의 광장 분수대를 지나면 마침내 해변이 나타난다. 바다는 항상 떨림을 준다. 푸른 바다에 흰색 파라솔이 줄지어 서 있다. 비키니 차림의 여성들이 해변을 누비는 것은 자연스럽지만 비키니 위에 민소매 티셔츠를 하나만 걸치고 큰길가 버스 정류장에서 버스를 기다리는 모습은 낯설기만 했다.

새라는 노점에서 작은 꽃무늬가 있는 검정색 시폰 원피스를 사서 최근까지도 잘 입었다. 또 다른 검은색 원피스는 단순한 민소매였는데 코믹한 에피소드가 있다. 그해 겨울방학 때 서울에서, 새라는 검은색 원피스를 클럽에 놀러갈 때 입고 다녀와서 거실 의자 위에 걸쳐두었다. 태준이도 검은색 머플러를 같은 의자 위에 걸쳐두었다. 태준이 급히 나가면서 새라의 원피스를 목에 두르고 나갔다. 전철을 타고 가던 중 실내가 더워지고 목도리가 매끈매끈해서 자연스

벨파스트의 오후

럽게 목에서 흘러내리는데 동생의 원피스였다. 아차, 누군가 보면 변태라고 할까 봐 얼른 가방 속에 숨겼다고 한다.

가끔은 여행지 노점에서 산 물건이 오래도록 함께한다. 대부분의 기념품은 사라지기 쉽지만 옷은 그중에서 오래가는 아이템이다. 아마도 장식용이 아니고 실제로 사용하다 보니까 그럴 수도 있겠다. 해변의 상점에서 상당히 쓸쓸하고 미니멀한 엽서를 발견했다. 니스 해변을 배경으로 의자와 파라솔을 찍은 사진인데, 철 지난 바다가 연상되어서 내 마음에 쏙 들었다.

정해진 코스처럼 성당을 잠깐 둘러보고 저녁 식사를 하려고 식당으로 갔다. 유명하다는 식당을 찾아갔는데 우리보다 앞섰던 남자들이 돌아 나오면서 혹시 안에 자리가 있는데 우리에게 자리가 없다고 했을 수도 있다고 투덜거린다. 새라와 내가 식당 앞에 오니까 종업원이 나와서 인사를 하며 친절하게 들어오라고 한다. 남자들이 우리들의 뒤통수에 대고 저 여자들은 뭐냐고 따지는 듯한 소리가 들린다. 뒷목이 간질간질하다. 새라 덕에 전망 좋은 자리를 차지했다. 여행을 하다가 보면 가끔씩 젊은 아가씨의 덕을 보게 된다. 여행의 기쁨 중에서 빠질 수 없는 것이 전망 좋은 자리에 술이 있는 맛난 식사다.

다음 날, 스마트폰이 없던 시절이라서 지도를 살피면서 샤갈 미술관으로 향했다. 현대 사회에서 걷기는 향수나 저항으로 보이기도 한다. 걷는 동안 자신에 관해서, 타자와 세상과 자연에 관해서 질문하게 되고 생각이 깊어진다. 지도에는 땅의 높낮이가 표현되어 있지 않아서 점점 높아져 가는 언덕을 보고 당황했다. 넓고 높은 언덕 위에 샤갈 미술관이 있었다. 가파른 언덕은 올라갈 때 내가 세상과 일대일로 만난다는 느낌이 든다. 숨이 가빠지고 힘들어도 올라가면 반드시 시원한 바람이 분다. 마치 삶의 원칙과도 같다. 고생 뒤에 희망이 온다. 하지만 최근에는 아닐 수도 있다고 한다.

사진으로 봐온 명화를 직접 볼 때 그 크기가 상상과 다를 수가 있다. 상상 외로 크거나 작을 수 있다. 혹은 사진으론 멋있는데 실견하면 감동이 떨어지는 경우도 있다. 샤갈의 그림들은 상당히 큰 사이즈였고 뿜어져 나오는 아우라는 감동적이었다. 미술관에 전시된 작품 수도 많았다.

팽팽한 침묵을 깨고 갑자기 새라가 진지하게 말을 건다.

새라: 엄마도 열심히 그리면 내가 지원 미술관 만들어 줄게.

나: 정말로.

새라: 음…… 내가 미술관 만들어줄 거야.

나: 네가 미술관은 만들겠지만 내가 수준은 고사하고 작품 수라도 저만큼 그릴 수 있을지 의문이다.

몇 년 뒤에 그때 니스에서 지원 미술관 지어준다고 했다니까, 기억이 가물가물하다고 오리발을 내민다.

샤갈은 러시아 태생의 프랑스 화가이다. 회화뿐 아니라 도자기, 판화, 무대 연출, 벽화에도 정통했다. 평생 동안 고향 러시아를 그리워했다. 그의 작품은 중력의 법칙을 벗어난 인간과 동물과 연인들이 자유롭게 하늘을 나는데, 이것은 그리움과 사랑의 표현이다. 그리움이 지나치면 슬픔으로 보이기도 한다. 자주 등장하는 소품은 우산과 바이올린이고 전체적으로 강렬한 색채가 인상적이다. 그는 어린 시절 친구와 결혼해서 평생 동안 서로를 사랑했다고 하니, 그의 작품이 그리움과 사랑으로 넘치는 것은 당연하다. 작품은 작가 자신보다도 더 작가의 내면을 잘 표현한다.

레오나르도 다빈치의 회화론에 나온 말을 빌리자면, 회화는 정신의 노동이다. 이성을 사용하지 않고 손재주와 눈가늠에 기대어 그리는 화가는 앞에 놓인 물체를 고스란히 재현하지만 그 정체에 대해선 아무것도 모른다.

샤갈은 사랑과 자유라는 정체에 대해서 끝없이 탐구하고 그것에 대해서 확신했다.

그의 작품은 중력의 법칙을 벗어난 인간과 동물과 연인들이 자유롭게 하늘을 나는데, 이것은 그리움과 사랑의 표현이다. 그리움이 지나치면 슬픔으로 보이기도 한다.

『노인과 바다』 초판본, 이타카

수제 맥주 레스토랑에 갔는데 손님으로 꽉 차서 빈자리가 없었다. 금요일 저녁에 예약을 하지 않았으니 어쩌면 당연할 수도. 최소한 삼십 분은 기다려야 된다고 한다. 다시 집으로 들어갔다 오기에는 짧은 시간이고 겨울이지만 심하게 춥지 않아서 산책하기로 했다. 패딩 코트의 모자를 당겨서 쓰고 거리의 상점들을 보면서 걷기 시작했다. 크리스마스 시즌의 상점은 여러 장식으로 밝고 화려했다. 이타카에 있는 동안 자주 간 서점은 책을 크리스마스트리 모양으로 쌓아두어 개성 만점이었다. 밖이 어두워서 서점 안의 노란 불빛은 더욱 환하게 보였고 저녁 시간인데도 실내에는 사람들이 제법 있었다.

램프 옆의 소녀

내가 좋아하는 최고의 고전 중에 멜빌의『모비딕』과 헤밍웨이의『노인과 바다』가 있다. 우연인지 둘 다 바다가 배경인 소설이다.『모비딕』의 마지막 몇 페이지는 지금 생각해도 가슴이 두근거리는 장렬한 최후다. 오래전, 나는 의지가 강하고 자유로우며 어떤 일에도 끄떡없고 자기 내면의 명령에 따르는 사람이 되고 싶었다. 비극적 영웅주의라고 해도, 모비딕의 선장처럼. 나의 바다 사랑은 책에서도 이어지는 걸까?

밝은 빛에 이끌려서 서점 안으로 들어갔다. 한쪽 벽면은 중고 책이 있었고 중고 LP판도 보였다. 이 년 전 겨울에 여기에서 이글스의〈호텔 캘리포니아〉LP를 산 적이 있다.『노인과 바다』는 여러 차례 읽었고 그것으로 부족해서 필사를 한 적도 있다. 페이지 수가 적어서 가능했지만. 그러고도 부족해서 그림 그릴 때 네 시간짜리 오디오북〈노인과 바다〉를 틀어놓기도 한다. 그야말로 무엇 하나 놓칠 것 없이 내가 씹어 먹은 책이다.

혹시 중고 책 코너에『노인과 바다』가 있으면 좋겠다는

생각에 천천히 책장을 살폈다. 내 눈높이에 찰스 디킨스의 책들이 여러 권 쭉 있었다. 나는 위쪽을, 태희는 아래쪽을 나누어서 살폈다. 알파벳 순서대로 집어가면서 천천히 보고 있는데 태희가 여기 있다 하면서 책을 내 눈앞으로 가져왔다. 순간 가슴이 뜨끔뜨끔, 비닐로 얌전하게 싸여 있는 책표지는 언젠가 인터넷에서 본 초판본 표지였다. 초판본 표지를 오랫동안 사용했을 수도 있으니 크게 놀랄 일은 아니었다.

두근두근 개봉박두. 표지를 넘기니까 '노인과 바다 1952'라고 쓰여 있다. 아뿔싸 이럴 수가, 믿어지지 않았다. 1952년 『노인과 바다』는 노벨문학상을 받은 해에 나온 명실상부한 초판본이다. 카드로 계산을 하고 영수증을 보니 세금 포함해서 이십칠 달러다. 주옥같이 귀한 삼십 분. 식당에 빈자리가 있었다면 내게 이런 행운은 오지 않았을 텐데 빈자리가 없어서 주어진 삼십 분이 행운의 선물을 안겨주었다. 레스토랑으로 돌아가니 우리 차례가 되었다. 중앙에 자리 잡고 생선 요리와 파스타, 처음 보는 낯선 맥주를 주문했다. 이곳 현지의 수제 맥주쯤 되는 것 같았다. 타향이 주는 약간의 긴장감마저 사라지고 기분이 붕 떠서 날아 갈 듯했다.

태희가 혹시 옥션에서 『노인과 바다』 초판본이 얼마에 거래되는지 찾아보자고 한다. 찾아봐서 나쁠 것 없다 여기 고 살펴보았다. 무심히 찾아본 옥션 가격은 놀랍게도 예상 밖의 높은 가격이었다.

주문한 맥주와 요리가 나왔고 식사를 하는 중에도 머릿 속은 온통 『노인과 바다』였다. 패배하지 않는 인간, 희망 을 버리지 않는 인간, 운명을 받아들이고 적도 인정하는 인 간뿐 아니라 노인을 향한 꼬마 마놀린의 마음에 울컥한다. "마놀린은 집에서 자고 있는 산티아고 노인을 발견하고 안 도감에 울음을 터뜨렸다."

내가 좋아하는 최고의 고전 중에 멜빌의 『모비딕』과 헤밍웨이의 『노인과 바다』가 있다. 우연인지 둘 다 바 다가 배경인 소설이다.

이화령 고개를 넘다

새라가 고등학교를 졸업하고 서울에 있다가 가을 학기가 되면 대학에 입학하기 위해 서울을 떠나야 한다. 미국으로 가는 새라에게 뭔가 특별한 선물을 주고 싶었다. 여름도 한창인 무렵 대치동 성당에서 최양업 토마스 신부의 사목 활동 지역을 도보로 성지 순례를 간다고 했다. 오래전에 『너는 주추 놓고 나는 세우고』라는 책을 읽은 적이 있는데, 내용은 최신부가 파리 외방 선교 신학교 학장에게 보내는 편지 모음이다. 그때 처음으로 최신부에 대해서 알았다. 먼저 떠난 김대건 안드레아 신부에 대한 그리움, 조선에서의 사목 활동을 하는 어려움, 신자들에 대한 사랑과 연민이 편지의 주된 내용이다.

새라에게 특별한 선물이 될 것 같아서 같이 가자고 했다. 혼자 보낼 수 없으니 나도 동행한다고 제안했지만 돌아온 대답은 냉정했다. 이런 선물은 받고 싶지 않다며 거절한다. 지난번에도 특별한 선물이라고 하면서 윤동주의 시집을 주었는데 책은 한쪽은 시가 있고 다른 쪽은 노트가 있어서 시를 필사하는 책이었다고 한다. 지난번에는 시가 좋아서 그냥 했지만, 이번에는 밤을 새우고 걸어가는 것이라서 별로라고 한다. 성지 순례를 밤에 떠나는 이유는 토마스 신부가 박해 시절 관원의 눈을 피하면서 사목 활동을 하느라고 밤에 다녀서, 그를 기리는 뜻에서 같은 시간대로 잡았다고 한다.

나도 더 이상 권하지 않았고 며칠이 지나갔다. 혹시 마음이 바뀌어서 가겠다고 할 수도 있으니 참가자 두 명 신청은 해두었다. 대치동 성당 신자가 아니라도 성지 순례 신청은 가능했다. 고집쟁이 엄마가 혼자라도 갈 태세니까 같이 가 주겠다고 한다. 착한 딸이다.

가끔 가족이나 친구가 나에게 밀당을 잘한다고 한다. 글쎄 그럴 리가 있나? 무심하고 게으르고 내 일에 바쁘다 보니까 상대가 보기에 그럴 수도 있겠다.

낮 동안 비가 살짝 내린 어느 여름밤, 저녁 아홉 시에 관광버스 여러 대가 대치동 성당 앞에 모여 있었다. 구역별로 버스에 오르고 버스가 출발하고 인원 파악을 하고 기도를 마친 후 비로소 알 수 없는 서러움이 밀려왔다. 떠난다는 설렘보다 존재에 대한 서러움이 복받쳤다. 산다는 것은 알게 모르게 치욕과 굴욕의 순간을 감당하는 것이다. 당시 내게 특별히 굴욕적인 일이 있지는 않았지만 200년 전 고통 속에서 빛나는 신앙생활을 했을 그들의 아픔과 일상의 내 작은 아픔이 겹쳐져서 슬픔과 서러움이 커져만 갔다. 결국 신앙보다 내 아픔에 빠져서 서럽게 눈물을 훔쳤다.

안동 교구 문경시 진안 성지에 자정쯤 도착했다. 달빛이 밝았으면 좋으련만 종일 가랑비가 내려서 주변은 깜깜했고 바로 앞 사람밖에 보이지 않았다. 관광버스 여덟 대에서 내린 신자들은 어둠 속을 헤쳐나가면서 조용히 자리를 잡았다. 미사를 마치고 두 명씩 줄을 맞추어서 이화령을 향해서 걷기 시작했다. 이때를 기다렸다는 듯이 가는 비는 굵은 비로 바뀌었고 새라는 엄마 걱정이 되었는지 내 손을 잡고 걸었다.

언덕을 따라 올라가는 길은 역동적이다. 고개를 오르고 있는데 위에서 자전거 20여 대가 쏜살같이 내려오다가 우리 일행을 보고 멈칫한다. 그도 그럴 것이 비가 내리는 심야에 400여 명이 되는 인원이 줄을 맞추어서 고개를 오르고 있으니 자신들의 눈을 의심했겠다. 서로 격려하는 가벼운 인사를 건넸다. 우리들도 놀라기는 마찬가지였다. 무슨 불빛이 휘리릭 휘리릭 지나가는데 자전거가 마치 총알처럼 빠르다. 심야의 비가 오는 내리막길을 전속력으로 질주하는 자전거 행렬을 보면서 그들의 안전이 염려스러웠다. 사돈 남 말 하지 말라고 했던가? 당장 빗길 오르막길을 올라가야 하는 것이 내 처지였다.

400여 명의 행렬 맨 뒤에는 승합차가 따라오고 있었다. 혹시 낙오자가 생기거나 건강이 나쁜 노약자를 쉬게 하려고 천천히 따라오는 것이다. 힘들면 차에 올랐다가 다시 걷기를 해도 좋은데 대부분은 그냥 걸었다. 얼마쯤 걸었을까 평평한 곳이 아마도 이화령 꼭대기쯤 같았고 잠시 쉬었다가 그곳부터는 아래로 내려가는 길이었다. 옛날 문경새재는 숲이 울창해서 하늘이 잘 보이지 않았고 호랑이도 있었다고 한다. 비는 여전히 부슬부슬 내렸고 새라와 나는 얼굴에 흐르는 빗물을 닦아가면서 걸었다.

어느덧 저 멀리서 희미하게 날이 밝아왔다. 도로의 표지판 글씨도 보이기 시작했다. 도로에 차는 한 대도 없었고 큼지막한 글씨로 충북 괴산이라고 쓰여 있었다. 조금만 더 가면 연풍 성지이다. 거의 다 왔다. 연풍 성지는 연두색 잔디가 펼쳐져 있다. 물먹은 잔디는 색이 진하고 향기롭다. 400여 명을 너끈히 수용하고도 남을 넓이의 잔디밭이었다. 각자 앉을 만한 자리를 잡고, 두 다리를 쭉 뻗어보고 팔과 목을 돌려가며 스트레칭을 하고 도착의 기쁨을 만끽했다. 비가 씻어 내린 땅은 깨끗하다.

미사를 봉헌하고 아침 식사를 하고 각자 타고 왔던 버스에 올랐다. 버스 안은 쥐 죽은 듯 조용하다. 집에 와서 샤워를 하고 침대에 누우면 그대로 땅속으로 빠져든다. 확실한 중력의 법칙이다. 딸에게 주려고 했던 선물을 나도 나누어 가졌다. 주려고 하지만 내가 받는다.

칠채산의 아침

떠난다는 설렘보다 존재에 대한 서러움이 복받쳤다.
산다는 것은 알게 모르게 치욕과 굴욕의 순간을 감당
하는 것이다.

우붓의 아침,
발리

아침에 호텔을 나와서 우붓 왕궁 방향으로 길을 걸었다. 아직 거리가 조용한 시간에 등교하는 학생들을 태운 오토바이가 쌩쌩 달린다. 세상의 부모와 아이들은 비슷하다. 교문 앞에서 아빠가 아들에게 생수병을 챙겨주고, 어느 엄마는 딸의 머리를 매만져준다. 오토바이에 간식을 담은 비닐봉지가 빈틈없이 주렁주렁 매달려 있는 것이 신기로웠다. 내가 간식 오토바이 사진을 찍으니 어디선가 오토바이 주인아주머니가 다가와서 뭐가 필요하냐고 물어본다. 초등학교 정문의 아침 풍경은 와자지껄 활기차다. 낮은 담장 너머로 운동장을 빗질하며 청소하는 아이들을 물끄러미 보고 있자니 아이들이 등 뒤에서 따듯한 시선을 느꼈는지 뒤돌아보며 손을 흔든다. 굿모닝 헬로. 세계 공통의 인사를 건넨다.

우붓에서 머무는 동안 큰길로만 다녔는데, 그날 아침은
골목길로 들어섰다. 좁은 길 양쪽에는 부지런한 주민들이
좌판 위에 노점을 펼쳤고 동네 주민들 대상으로 영업하는
커피 가게도 문을 열었다. 카페 주인 청년이 내게 들어오라
고 권한다. 관광지의 골목 안 주택가는 민박집이 많았고 테
라스에 미싱 여러 대가 나와 있는 바느질 민박집도 있었다.
스파 마사지 광고도 많이 보였다.

큰길 건너편 스타벅스 뒤에는 이름은 잊었지만 연못이
아름다운 사원이 있었다. 여행 책자에서 꼭 가보라고 추천
한 곳이다. 스타벅스 옆의 비탈길을 오르는 동안 집집마다
아침을 맞이하느라 분주해 보였다. 구불구불하게 휘어진
마을 길을 따라서 제법 걷다 보면 어느덧 집들은 사라지고
들판이 나타난다. 야자수와 드넓은 녹색 들판 위로 길은 오
솔길처럼 하나다. 여행지에서 만나는 익숙하지 않은 이질
적인 풍경이다. 진한 녹색의 들판을 바라보노라면 원인 모
를 두려움이 엄습한다. 길의 좌우로 논과 나무들이 있는 울

창한 풍경은 자연의 원형 같다.

들판 한가운데 고급 호텔이 있다. 종업원은 긴 호스로 마당 물청소를 하고 방금 내린 듯한 진한 커피 향이 진동을 한다. 커피 향을 뒤로하고 걷다 보니 길에 사람은 사라지고 나 혼자뿐이었다. 내가 가장 좋아하는 순간. 녹색 바탕에 지저귀는 새소리만 들릴 뿐 아무것도 없고 한참 걷다 보니 길이 끊어지고 숲이 나타났다. 여행 책자에는 저 길을 쭉 따라가면 건너편에 오가닉 카페가 있다고 했는데, 혼자서 숲속 외길을 뚫고 지나갈 용기가 없었다. 내일 아침에 반대편 방향에서 카페로 가보기로 했다.

내가 돌아서 나오자 농사에 여념이 없던 농부가 뭐라고 말을 하는 것 같은데 알아들을 수가 없다. 들리지 않았지만 대충 짐작으로 손을 흔들어 인사했다. 항상 느끼는 것이지만 갈 때는 보이지 않았던 것이 돌아올 때는 보인다. 지붕의 색채도 보이고 커피 광고 간판도 보인다. 갈 때는 거대한 녹색 벌판만 보였는데, 경사지를 내려올 때는 마을 전체가 시야에 들어온다. 색의 향연이라고 할까? 앞선 아가씨

녹색 벽면

무슨 수를 써서라도 여행하고 빈둥거리며 세계의 과거와 미래를 사색하고 책을 보고 공상에 잠기며 길거리를 배회하라고 한다.

가 노란 머리를 묶고 파란색 실크블라우스와 긴바지를 입고 하늘하늘 걸어간다. 부드러운 옷감이 빛을 받아서 반짝반짝 매끈매끈하다.

나는 어디를 가나 여행자의 시선으로 대상을 본다. 큰길로 나오니 오토바이 소음에 정신이 확 달아난다. 동남아 여행에서 가장 고통스러운 것은 오토바이다. 세 시간쯤 숲과 언덕과 들판을 산책하고 돌아오면 땀으로 범벅이 된다. 오늘도 걷기 예찬을 한다. 걷기가 정신적인 행위에 더 가깝다고 하는 이유는 걷다 보면 자신과 대화하고 주변을 관찰하게 된다. 호텔로 돌아와서 샤워를 하고 룸서비스로 늦은 조식을 주문한다. 낯선 도시의 익명의 호텔 방은 내가 좋아하는 장소이다.

누군가가 여러분에게 말한다. 아무리 사소하거나 광범위한 주제라도 망설이지 말고 어떤 종류의 글이라도 쓰라고 권한다. 무슨 수를 써서라도 여행하고 빈둥거리며 세계의 과거와 미래를 사색하고 책을 보고 공상에 잠기며 길거리를 배회하라고 한다. 내가 가장 원하는 형태의 삶이다.

여행하라. 그리움과 고독과 자유를 사랑하는 여행자들은 걷고 또 걷고 거리를 배회한다. 요즘은 여행의 형태도 많이 바뀌어서 패키지 관광이 아닌 한 달살이 일 년살이를 많이 한다. 익숙하지 않은 풍경 속을 거닐다 보면 삶의 새로운 지평을 발견하기도 한다.

작가 후기

기억과 장소, 기억은 장소로 남는다. 최근 열렸던 개인전의 제목이다. 기억은 언제나 물리적인 장소와 함께한다. 평소에 산책을 즐기며 풍경과 일상에서 쓸쓸함을 찾아서 스마트폰에 담아둔다. 그리고 작업실에서 유화로 옮기면서 나만의 해석으로 채도를 낮게 하고 다소 비현실적인 풍경으로 마무리한다. 일부러 쓸쓸하게 하려고 하지 않아도 찍어둔 사진들을 보면 뭔가 조금씩은 쓸쓸해 보인다.

외로움은 타자에 의해서 결정되는 수동적인 것, 고독은 스스로 결정하는 적극적인 것이다. 나는 고독 예찬론자이다. 이렇게 해서 모인 개인적인 기록들을 책으로 엮게 되었다. 출판을 적극적으로 권한 이경은 선배와 예쁜 책을 만들어주신 황상욱 대표에게 감사드린다.

서울에서 중고등학교 다닐 때 쓸데없이 아무 버스나 타고 종점에 내려서 잠시 서성이다가 같은 버스를 타고 돌아온 적이 있다. 안양시 비산동에 주공아파트를 사게 된 계기도 비슷한데, 아무 생각 없이 103번 버스를 타고 거의 종점에서 내렸더니 그곳이 비산동이었기 때문이다. 밀라노에서 학교를 다닐 때, 버스나 트램을 타면 항상 한 정거장 전에 내려서 걸었다. 브레라 거리는 한 정거장 사이가 짧고 거리가 예뻐서 산책하기에 적당한 장소이다. 가끔은 정처 없이 이리저리 길을 따라서 걷기도 했다. 걷다 보면 문득 할머니의 모습이 떠오르기도 한다.

첫 페이지의 이순남 할머니는 내게 전부였고 우주였다. 할머니의 끝이 없는 사랑과 사각거리는 모시 한복과 비릿한 바닷가 내음은 내 영혼의 안식처였다.

어제는 늘 다니던 길, 예쁠 것도 없는 도로 주변의 평범한 나무들이 가을 색으로 물들어서 놀랐다. 가을이 되었으니 당연한 일이지만 색이 변하니까 마치 다른 길처럼 예뻐 보였다. 운전을 하다가 차창 밖의 풍경을 보고 길을 잘못 들어선 줄 알았다. 계절의 변화는 시간 여행이다. 여행은 장소에만 있는 것이 아니고 시간에도 있는 것 같다.

2022년 늦가을,
윤지원

이 책에 실린 작품

한 정거장 전에 내려서 걷는다

화가 윤지원의 기억과 장소

ⓒ 윤지원 2022

1판 1쇄 인쇄 2022년 11월 15일
1판 1쇄 발행 2022년 11월 29일

지은이 윤지원
펴낸이 황상욱

편집 임선영 박성미 | 디자인 this-cover
마케팅 윤해승 장동철 윤두열 양준철 | 경영지원 황지욱
제작처 삼조인쇄

펴낸곳 ㈜휴먼큐브 | 출판등록 2015년 7월 24일 제406-2015-000096호
주소 03997 서울시 마포구 월드컵로14길 61 2층
문의전화 02-2039-9462(편집) 02-2039-9463(마케팅) 02-2039-9460(팩스)
전자우편 yun@humancube.kr

ISBN 979-11-6538-334-3 03300

인스타그램 @humancube_books 페이스북 fb.com/humancube44